KB000834

개를 훔치는
완벽한 방법

개를 훔치는 완벽한 방법

HOW TO STEAL A DOG

바바라 오코너 장편소설
신선해 옮김

BARBARA O'CONNOR

다산
책방

나와 삶을 함께하는 개들에게

사랑스런 피비,
성깔 있는 매티,
그리고 내 마음을 훔쳐 간 머피.

내가 개를 훔치기로 결심한 날은, 내 가장 친한 친구 루앤 고드프리가 내가 자동차에서 산다는 걸 알아챈 바로 그날이었다.

안 그래도 엄마한테 루앤이 곧 눈치챌 것 같다고, 그 애가 얼마나 수다쟁이인지 딱 보면 모르겠냐고 말했었는데. 그러자 엄마는 눈을 부라리며 나를 윽박질렀다.

"조지나, 암말 말고 버스정류장으로 가. 작작 좀 해라."

물론 엄마가 시키는 대로 했다. 나는 잠자코 버스정류장에 서서 차가 오기를 기다렸다. 아직도 아파트 3B호에 사는 척하며. 전날 밤 셔츠에 묻힌 겨자소스를 못 본 척

하며. 그날 아침 텍사코 주유소 화장실에서 머리를 감은 일도 없고, 아빠가 우리에게 25센트짜리 동전 꾸러미 세 개와 꾸깃꾸깃한 1달러짜리 지폐만 가득 들어 있는 마요 네즈 통을 남기고 유유히 사라져버리지도 않은 척하며.

내가 봐도 나는 '척'하는 데 꽤 능숙했다.

그러나 동생 토비는 그런 데 별로 소질이 없었다. 엄마 가 그만 툴툴대고 버스정류장으로 가라고 명령했을 때, 그 녀석은 울음을 터뜨리면서 어린애처럼 계속 빽빽거렸 다. 하긴, 토비는 실제로도 아직 어린애니까.

"토비 왜 저래?"

버스정류장에 서 있는데 루앤이 다가와 물었다.

"귀가 아프대."

나는 최대한 담담하게 대꾸했다. 엉망진창인 현실을 뒤로 감춘 채, 내 삶이 더없이 정상인 것처럼 보이려고 애쓰면서.

루앤이 눈을 가느다랗게 뜨고 입술을 꾹 다물었다. 그 애의 호기심 어린 수다가 곧이어 날 귀찮게 할 게 분명 했다.

아니나 다를까, 루앤이 다시 입을 열었다.

"그런데도 너희 엄마가 학교에 가라고 했다고?"

그 애의 사팔뜨기 눈이 빤히 날 응시했지만 나는 귀찮은 속내를 드러내지 않았다. 그저 어깨를 으쓱하고는 루앤이 그만 토비에 대해서 잊어버리길 바랐다.

다행히 루앤도 더 이상 물어보지 않았다. 그러나 이번에는 수다의 화살이 나를 겨냥했다.

"별 뜻은 없었어, 조지나. 하지만 너 말이야, 점점 단정치 못해 보여."

단정치 못하다고? 그 애 엄마나 할 법한 말이었다. 루앤의 엄마가 그런 소리를 하지 않았다면 그 애가 '단정치 못하다'는 말 따위를 알 리가 없었다.

그나저나 그런 소리까지 듣게 된 마당에 내가 무슨 대답을 할 수 있었을까? "글쎄다…… 생각해봐, 루앤 고드프리. 일주일간 시보레 뒷좌석에서 자면서도 옷이 깨끗하길 바랄 순 없잖아?" 뭐, 이런 말?

아니면 이렇게 답해야 했을까? "나도 알아, 루앤. 하지만 디터 아저씨가 우리를 아파트에서 내쫓을 때 우리 짐을 길거리에 모조리 내놨거든? 그때 내 머리빗이 짐 더미에 섞여버려서 말이야."

그러면 루앤은 또 이렇게 되묻겠지.

"디터 아저씨가 왜 그랬는데?"

나는 이렇게 답했을 것이다.

"왜냐하면 루앤, 동전 꾸러미 세 개랑 1달러짜리 지폐가 들어 있는 마요네즈 통으로는 집세를 낼 수 없거든."

하지만 나는 아무 말도 하지 않았다. 나는 '단정치 못하다'는 말 역시 못 들은 척했다. 그냥 버스에 올라타서 여섯 번째 좌석에 앉았다. 루앤의 옆자리였다. 그 자리는 늘 내 차지였으니까.

하지만 이미 알고 있었다. 루앤이 그대로 포기할 리 없다는 것을. 그 애는 진실을 알 때까지 집요하게 파고들 것이다.

"걔가 놀러오고 싶다면 어떡해요? 루앤이 창문으로 옛집을 엿보거나 지나다니다가 이제 우리가 거기에 안 산다는 걸 눈치채면 어떡하느냐고요?"

하지만 엄마는 나를 향해 손을 내저으며 두 눈을 질끈 감아버렸다. 하루 종일 두 탕이나 일을 뛰어서 몹시 피곤하다는 무언의 표시였다. 할 수 없이 나는 매일, 루앤이 아파트 3B호 부엌 창을 몰래 엿보는 망상에 시달려야 했다. 그리고 그 상상은 곧 현실이 됐다. 그날 루앤이 확인한 것은 엄마 아빠와 함께 밥을 먹는 내가 아니었다. 그

대신 그 애는 그곳에서 다른 누군가의 가족을 보았다. 우리처럼 망가지지 않은, 행복한 가족을.

그런 후 어느 날, 내가 상상할 수 있는 한 가장 성가신 일이 일어났다. 학교 버스에서 내리는 나를 루앤이 몰래 뒤쫓은 것이다. 토비가 자동차 열쇠를 홱 낚아채서 날 앞질러 뛰어가는 바람에, 나는 그 녀석을 잡는 데 혈안이 돼 있었다. 그래서 루앤이 줄곧 내 뒤를 밟고 있다는 것도 몰랐다. 그 애는 내 뒤를 따라 아파트 3B호를 지나쳤고, 차도를 건너 에커드 잡화점 근처까지 와서 모든 걸 확실히 알아내고야 말았다. 그곳엔 차창에 빨랫감을 주렁주렁 매단 우리 차가 주차돼 있었고, 토비가 근처의 우유 상자 위에 걸터앉아 나를 기다리고 있었다.

땅이 갈라져서 날 집어삼켰으면 하고 바랐다. 뒤를 돌아보고서, 나와 토비와 자동차, 그 모든 것을 멍하니 바라보고 있던 루앤 고드프리를 발견하자마자. 루앤의 표정에서 그 애가 무슨 생각을 하는지 단박에 알아낼 수 있었다.

내가 한 번 손을 흔들기만 해도 이 찌그러진 똥차가 지구 상에서 즉각 사라져버린다면 얼마나 좋을까. 아니, 그것보다도, 아빠가 돌아와 모든 것을 예전처럼 돌려놓는다면 얼마나 기쁠까.

나는 루앤을 보며 애써 만면에 웃음을 지어 보였다. 그러고는 힘겹게 입을 열었다.

"잠깐 동안만 이렇게 지내는 거야."

엄마가 내게 수백 번도 넘게 했던 말이었다.

그러자 루앤의 얼굴이 갑자기 새빨개졌다. 그 애가 내뱉은 말은 "어어,"라는 단 한 마디뿐이었다.

나는 다시 한번 변명하듯 말했다.

"엄마가 월급을 받으면, 새 아파트로 들어갈 거야."

"…… 어어."

그다음 순간 우리는 말뚝처럼 서서 둘 다 자기 발끝만 뚫어져라 쳐다봤다. 루앤과 나와의 거리가 점점 멀어지는 듯했다. 영원히 내 친구일 것 같았던 루앤 고드프리가, 나와는 달리 우주 반대편에 서기로 결심한 듯했다.

이윽고 그 애가 입을 열었다.

"나 갈게."

하지만 루앤은 가지 않았다. 여전히 두 다리를 땅에 박은 채 그대로 서 있었다. 나는 두 눈을 꼭 감고 수없이 되뇌었다. 불쌍해 보여선 안 돼, 조지나. 제발 울지 말라구.

그러자 당연한 순서처럼 토비가 불쑥 끼어들었다. 쓸데없는 말로 상황만 악화시키는 원수 덩어리.

"엄마 오늘 늦는대. 쪽지 남겼어. 아이스박스에서 마카로니 꺼내 먹으래."

그 말에 루앤이 눈썹을 추켜올리더니 "그러고 보니 너희 아빠 안 보인 지 좀 된 것 같다"라고 말했다.

그럴 수밖에. 그때쯤 내 꼭 감은 두 눈에서는 짜디짠 눈물이 삐져나오기 시작했다. 흘러내리는 눈물을 도저히 막을 길이 없었다. 결국 나는 드러그스토어 주차장 바닥에 주저앉아 루앤에게 모든 것을 털어놓았다.

그러고는 비참한 기분에 사로잡혀 정신없이 엉엉 울었다. 그 애가 나를 감싸 안으며 뭐라고 말하는 것 같았지만 내 귀에는 하나도 들리지 않았다. 얼마나 울었을까, 목울대에서 쉰 듯한 소리가 새어 나오고 온 얼굴이 찝찔한 눈물로 범벅이 됐을 때쯤 한없이 흘러내리던 물줄기가 서서히 마르기 시작했다. 나는 한참을 멍하니 앉아 있다가 눈물자국이 완전히 자취를 감출 때쯤 자리에서 주섬주섬 일어나, 엉덩이에 묻은 먼지를 털어내고 앞 머리카락을 뒤로 쓸어 넘겼다. 그리고 루앤에게 다짐을 받아내듯 물었다.

"아무한테도 말 안 할 거지?"

루앤이 고개를 끄덕였다.

"응, 약속할게."

"정말이야, 너희 엄마한테도 말하면 안 돼."

그러자 루앤이 잠깐 동안 눈을 깜빡깜빡하더니, 결국 "알았어"라고 답했다.

나는 새끼손가락을 펴서 그 애 앞으로 내밀었다. 약속의 표시로 손가락을 걸어주길 기다렸지만 루앤은 왠지 주저하는 듯했다.

나는 발을 쿵 하고 구르면서 새끼손가락으로 그 애의 옆구리를 쿡 찔렀다. 마침내 루앤이 자신의 새끼손가락을 내 손가락에 걸고서 살짝 흔들었다.

"이제 가볼게."

나는 주차장을 서둘러 빠져나가는 루앤의 뒷모습을 멍하니 바라보았다. 그 애는 드러그스토어 모퉁이를 돌기 전에 나를 한 번 흘깃 돌아보고는 다시 종종걸음을 치며 건물 뒤편으로 사라졌다.

"난 마카로니 싫은데."

토비의 목소리였다. 그 녀석다운 짓이었다. 비참함 속에서 뒹굴 1초의 틈조차 주지 않는 이 작은 악마.

나는 우유 상자 위에 걸터앉아 있는 토비를 지나쳐, 차 뒤쪽으로 쿵쾅거리며 걸어갔다. 그러고는 있는 힘껏 아이스박스를 걷어찼다. 아이스박스가 옆으로 쓰러지면서 얼음이며 물이며 플라스틱 통들이 주차장 바닥에 마구 엎질러졌다.

"나도 싫어."

그 말을 끝으로 나는 자동차 뒷좌석으로 기어 들어갔다. 그 좁은 공간에서 엄마가 돌아오기만을 기다렸다.

날이 어둑해진 후에야 엄마가 돌아오는 발소리가 들렸다. 엄마의 낡은 신발이 아스팔트 바닥을 탁탁 내리치며 차 쪽으로 다가오고 있었다. 나는 자리에 앉아서 차창 너머로 바깥을 내다보았다. 희미한 가로등 불빛 아래서도 엄마의 피곤하고 슬픈 얼굴은 선명했다. 엄마를 귀찮게 하기 싫어서 자는 척할까도 생각해봤지만 한편으로는 내가 한 짓에 대해 변명이라도 하고 싶었다.

결국 나는 차 문을 열었다. 걸어오던 엄마가 펄쩍 뛰었다.

"에구머니나, 조지나, 아직 안 자고 뭐 하니?"

"정말 싫어! 더 이상은 이렇게 살기 싫다고요!"

나는 툴툴거리면서 토비가 깨지 않도록 소리 없이 차 문을 닫았다. 그러고는 엄마를 향해 돌아서면서 다시 한

번 말했다.

"어떻게든 해봐요, 엄마. 번듯하게 살 곳을 찾아야 하잖아요. 진짜 집 말이에요. 이런 똥차가 아니라……."

엄마가 내게 손을 뻗었다. 나는 엄마의 손길이 닿는 것도 싫어서 뒤로 확 물러섰다. 그러자 다가오던 엄마의 팔이 바닥으로 축 처졌다. 그 손이 시멘트로 만든 것처럼 무겁게 보였다. 엄마는 이마 위의 텁수룩한 앞머리를 성가시다는 듯 입으로 훅 불어 넘겼다.

"엄마도 노력하고 있어."

"어떻게? 어떻게 노력하는데요?"

엄마가 앞 창문으로 가방을 던져 넣었다. 가방이 앞좌석에 툭 하고 떨어졌다.

"그냥 노력하고 있다고. 알겠니, 조지나?"

"하지만 어떻게요?"

"일을 두 개나 하잖니. 더 이상 뭘 어떻게 하란 말이야?"

"우리가 살 곳을 찾아달라고요!"

나는 화가 나서 발을 쿵쿵 구르며 엄마한테서 멀찍이 떨어졌다. 그러고는 괜히 주변을 빙빙 돌았다.

"다 엄마 때문이야."

그러자 엄마가 한달음에 달려와 내 어깨를 꽉 붙들었다.

"조지나, 잘 들어. 집을 얻으려면 돈이 필요해."

'돈'이라는 단어를 발음할 때, 엄마가 날 가볍게 흔들었다.

"그래서 지금 돈을 모으는 중이야, 알겠니?"

갑자기 엄마가 손을 놓더니 차에 털썩 몸을 기댔다.

"돈이 얼마나 필요한데요?"

엄마는 별들이 답을 알려줄 것처럼 하늘을 올려다보았다. 그리곤 고개를 가로저으며 대답했다.

"나도 모르겠다, 조지나. 많이 필요해. 아주 많이."

"그러니까 얼마만큼 많이?"

"지금 우리가 가진 돈으론 어림도 없지."

엄마와 나는 아무 말 없이 어둠 속에 서 있었다. 옆 건물의 빈 주차장에서 귀뚜라미 울음소리가 새어 나왔다.

잠시 후 엄마가 한쪽 팔로 내 어깨를 감싸 안았다. 나는 엄마에게 가만히 머리를 기댔다. 다시 아기 때로 돌아가고 싶었다. 앵앵 울기만 하면 어른들이 다 알아서 돌봐주고 그러다 보면 하루가 훌쩍 지나가버리던 때로.

결국 나는 지금껏 수백만 번은 물었을 질문을 또 하고 말왔다.

"아빠는 왜 우릴 떠났을까요?"

그 말을 내뱉자마자 엄마의 몸 전체에서 기운이 쑥 빠져나가는 게 느껴졌다.

"나도 알고 싶구나."

엄마가 내 얼굴에 달라붙은 머리카락을 뒤로 넘겨주었다. 그러고는 "그냥 모든 게 다 지긋지긋해졌겠지"라고 자포자기하듯 내뱉었다.

"뭐가 지긋지긋한데?"

엄마와 나 사이에 벽처럼 두꺼운 침묵이 흘렀다. 말할 수 없이 커다랗고 캄캄한 침묵이었다. 잠시 후, 나는 그동안 곪아 터지도록 마음속에만 담아두었던 질문을 입 밖으로 내뱉고야 말았다.

"…… 내가 지겨워졌대요?"

그러자 엄마가 내 볼에 손을 얹고 가만히 내 눈을 들여다보았다. 엄마의 눈빛은 한 치의 흔들림도 없었다.

"너 때문이 아니야, 절대로. 알겠니?"

엄마는 차 안으로 시선을 던졌다. 토비가 공처럼 몸을 둥글게 만 채 뒷좌석에서 곤히 잠들어 있었다.

"가야겠다."

"어디로요?"

"나도 몰라. 그냥 다른 데로 가자."

엄마가 차 문을 열자 끼이익 하는 소리가 났다. 그 소리가 메아리처럼 고요한 밤공기를 뒤흔들었다.

"벌써 이틀 밤이나 여기서 지냈으니까…… 더 있다간 경찰한테 쫓겨날 거야."

그때 엄마의 눈길이 쓰러진 아이스박스에 가 닿았다. 엄마가 나를 흘깃 쏘아보았다. 나는 서둘러 엄마를 도와 물건을 제자리에 정리했다.

내가 차 뒷좌석에 올라타자 차가 천천히 주차장을 빠져나갔다. 나는 구부정하게 앉아서 침울한 기분으로 창밖을 물끄러미 내다보았다. 창밖으로 보이는 '노스캐롤라이나 다비'는 유령 마을 같았다. 문을 굳게 걸어 잠근 텅 빈 상점들, 막막한 어둠.

엄마는 빌 정비소 옆 골목에 차를 세웠다. 자동차 엔진이 꺼지자, 적막이 우리를 덮쳤다.

나는 차 안을 가로지르는 빨랫줄에 비치타월을 걸었다. 궁색하게나마 나만의 잠잘 공간을 만들어주겠다며 엄마가 걸어둔 빨랫줄이었다. 루앤의 모습이 눈앞에 선했다. 벽면에 조르륵 늘어선, 분홍색과 하얀색의 헝겊 동물 인형들…… 루앤은 그 속에 푹 파묻혀서 쿨쿨 단잠을 자고 있겠지. 침대 머리맡에는 분홍색 리본이 놓여 있고 말이야. 정말이지 나는, 나 자신이 불쌍해서 견딜 수가 없었다.

때론 생각하는 것 자체가 독이 되기도 한다. 나는 생각을 곱씹는 대신 뒷좌석에 몸을 말고 누워서 편안한 자세를 찾으려고 온갖 방향으로 몸을 뒤틀었다. 그리고 마침내 두 발로 차 문을 받치고 등을 뒤로 기댄 채 별이 빛나는 밤하늘을 물끄러미 응시했다.

그때 광고전단지 하나가 어둠 속에서 어렴풋이 떠올랐다. 차창 바로 밖에 있는 공중전화 박스에 누군가가 테이프로 붙여둔 것이었다. 희미하게 바랜 글씨는 이렇게 속삭이고 있었다. '사례금 500달러' 그 밑에는 두 눈이 툭 튀어나온 강아지가 혓바닥을 쑤욱 내밀고 있는 사진이 박혀 있었다.

그 아래에 다시 이런 글이 적혀 있었다.

'저를 보신 적이 있나요? 제 이름은 미스티예요.'

500달러라니! 세상에 어떤 사람이 저까짓 쪼끄만 개를 위해 500달러나 쓴단 말이야?

"엄마?"

나는 비치타월 너머로 엄마를 불러보았다. 엄마가 앞 좌석에서 부스럭거리며 인기척을 보였다.

"500달러면, 우리가 살 만한 곳을 구할 수 있을까요?"

엄마는 한숨을 내쉬었다.

"아마도……. 조지나, 이제 자야지. 내일 학교에 가야 하잖니."

나는 미스티를 한 번 더 쳐다봤다. 머릿속이 온갖 생각으로 뒤엉키기 시작했다.

만약 저 개를 찾으면 어떻게 될까? 저 돈을 받고, 정말 집다운 집을 구할 수도 있겠지? 이 냄새나는 똥차하고는 영원히 빠이빠이하고. 하지만 저 개는 어디로든 갈 수 있잖아? 도대체 어디서부터 뒤져야 하는지도 모르는데.

게다가 그 전단지는 상당히 오래된 것 같았다. 벌써 다른 누군가가 미스티를 찾아서 500달러를 가로챘을지도 모른다.

나는 오랫동안 차창 밖 전단지를 바라보면서 미스티에 대해 생각했다. 문득 궁금해졌다. 잃어버린 애완견을 위해 기꺼이 돈을 지불할, 또 다른 누군가가 있을까?

그러자 번뜩이는 아이디어가 떠올랐다. 자리에서 벌떡

일어났더니 토비가 잠결에 뭐라고 중얼거렸다. 엄마가 "쉬이이잇~" 하고 나지막이 속삭였다.

나는 두 다리를 접고서 비치타월 뒤의 내 침실에 다시 누웠다. 구중중한 차 시트에서 느끼한 감자튀김 냄새와 역겨운 벌레잡이 약 냄새가 풍겼다. 나는 두 눈을 감고 회심의 미소를 지었다. 마침내 근사한 계획이 떠올랐다.

그러니까 나는, 개를 훔칠 작정이었다.

며칠 동안 고민한 끝에 토비에게 털어놓기로 결심했다.

　"비밀 꼭 지켜야 해."

　나는 못 박듯이 말하고는 뒷좌석 창문으로 흘깃 밖을 내다본 다음, 토비와 내 머리 위로 비치타월을 뒤집어썼다. 엄마는 일하러 나갔고, 나와 토비는 버스정류장으로 갈 시간을 기다리는 중이었다.

　토비는 타월 밑, 어둠 속에서 조용히 고개를 끄덕였다.

　"응, 비밀 꼭 지킬게."

　나는 얼굴을 토비에게 가까이 들이대고는 은밀하게 속삭

였다.

"절대로, 그 누구한테도 말하면 안 돼. 알았지?"

"알았어."

토비에게 내 계획을 말해주는 건 꽤나 위험한 짓이었다. 하지만 털어놓을 수밖에 없었다. 엄마가 토비에게 학교 끝나면 무조건 내 옆에 붙어 있으라고 일러둔 터였다. 따라서 어딜 가든 꼼짝없이 그 애를 데리고 다녀야 했다. 나 혼자서는 루앤의 집에조차 갈 수 없었다. 한마디로 토비 몰래 개를 훔치는 일은 불가능했다. 그 애가 엄마에게 일러바치는 건 시간문제였다. 하지만 토비를 내 비밀 계획에 동참시키면, 아마도 평소처럼 고자질쟁이 훼방꾼 노릇은 하지 않겠지.

"나한테 계획이 있어."

나는 약간 뜸을 들여 극적인 효과를 더했다. 토비는 그런 순간을 좋아했다. 녀석이 두 눈을 동그랗게 뜨고 날 열렬하게 바라보았다. 그 애의 입에서 참치 통조림 냄새가 났다. 갑자기 같이 타월을 뒤집어쓴 게 후회스러웠다.

"우린— 개를 훔칠 거야."

드디어 내가 입을 열었다.

"어때, 내 계획이?"

나는 씨익 웃고는 토비가 "끝내준다!"며 박수 치기를 기다렸다. 하지만 녀석은 바보처럼 입을 벌린 채 날 멍하니 처다볼 뿐이었다. 그 바람에 그 놈의 참치 통조림 냄새가 비치타월 텐트 안에 진동했다. 나는 손을 코앞에 대고 휘저으면서 타월을 홱 젖혀버렸다.

"진짜 우웩이다, 너. 제발 이 좀 닦아라."

녀석은 미심쩍은 눈초리로 날 쏘아보다가, "어떻게?" 라고 큰 소리로 물었다. "여긴 개수대도 없는데?" 그 애는 보란 듯이 두 팔로 차 안을 휘저었다.

"아이스박스 안의 물을 쓰면 되잖아."

"말도 안 돼. 더러워."

"뭐, 어쨌든…… 그런데 우리가 왜 개를 훔칠 건지 알고 싶지 않아?"

녀석은 고개를 끄덕이면서 두 눈을 향해 달려드는 기름진 머리카락 덩어리를 위로 쓸어 올렸다. 토비의 머리카락은 엄마처럼 죽죽 뻗은 구릿빛 직모였다. 하지만 내 머리카락은 아빠를 닮았다. 내가 싫어하는 어정쩡한 까만색 곱슬머리. 아빠를 미워할 만한 또 하나의 이유인 셈이었다.

나는 토비와 나 사이에 구깃구깃한 노란색 전단지를

펼쳐놓고는 손으로 빳빳하게 누르면서 말했다.

"바로 이것 때문이야."

"뭐라고 적혀 있는데?"

"정말 맙소사다, 토비. 너 벌써 3학년이잖아."

나는 가볍게 핀잔을 준 후 손가락으로 전단지의 글씨를 하나하나 짚었다.

"이건 사례금, 이라고 읽는 거야. 못생긴 늙은 개를 찾아준 대가로 500달러를 준다고 적혀 있어. 이게 믿어져?"

"이놈, 못생기지 않았는데?"

"어머, 놈이라니…… 이래 봬도 숙녀야. 이름이 미스티라고. 알겠어?"

나는 다시 한번 그 부분을 손가락으로 톡톡 두드렸다.

토비가 미간을 잔뜩 찌푸렸다.

"그런데 우리가 왜 이 개를 훔쳐야 하는데?"

"이 바보야, 이 개 말고 다른 개를 훔칠 거라고."

"어떤 개?"

"아직 몰라. 그러니까 네가 날 도와야 한다는 거야."

나는 다시 한번 창밖을 내다보았다. 정비소 옆 골목은 텅 비어 있었다. 나는 차 뒷좌석에 앉아 몸을 더 낮게 구부리면서 토비에게 가까이 오라고 손짓했다. 그리고 들릴락 말락 한 목소리로 속삭였다.

"잘 들어. 우린 주인에게서 굉장히 사랑받는 개를 찾아야 해. 그래야 주인이 개를 돌려받은 대가로 사례금을 줄 테니까. 알아들었어?"

나는 팔꿈치로 토비를 쿡 찔렀다.

"아…… 그런데 누구한테 사례금을 주는데?"

나는 한숨을 폭 내쉬고는 머리를 가로저었다.

"누구긴 누구야, 우리한테지. 이 멍청한 놈아."

"하지만 우리가 개를 훔쳤는데 왜 우리한테 돈을 줘?"

나는 한 손으로 이마를 짚은 채 자동차 시트 위로 풀썩 쓰러졌다.

"아아, 토비 너 정말…… 가끔은 진짜 경이롭다니까."

나는 다시 똑바로 앉아 토비의 어깨에 팔을 두르고는 녀석의 두 눈을 뚫어져라 쳐다봤다.

"개를 사랑하는 주인은 우리가 개를 훔친 걸 몰라야 해. 그 사람은 우리가 개를 찾아준 걸로 아는 거야. 이젠 이해가 돼?"

그제야 토비의 얼굴에 미소가 피어올랐다.

"오케이, 개는 어디 있어?"

"그러니까 이제부터 찾아봐야지!"

짜증이 나서 저절로 언성이 높아졌다. 하지만 다음 순간 재빨리 두 손으로 입을 틀어막고는 은밀하게 주위를 둘러보았다. 다행히 골목에는 아무도 없었다. 이번에는 조그만 목소리로 말했다.

"이제부터 찾아볼 거야. 엄마가 500달러면 살 곳을 구할 수 있댔어. 개를 훔치기만 하면 우리한테 그 500달러가 생기는 거야. 알겠지?"

그러나 토비의 의뭉스러운 표정을 마주하자 나는 왠지 계획을 털어놓은 게 실수라는 생각이 들었다. 나는 단언하듯 다시 한번 말했다.

"토비, 잘 들어. 이 똥차 대신 진짜 집에서 살려면 이 방법밖에 없어. 알아들었지?"

녀석은 고개를 끄덕였다.

"너도 진짜 집에서 살고 싶지?"

녀석은 더 힘차게 고개를 끄덕였다.

"그러니까 개를 훔쳐서 사례금을 타내야 해. 그리고 만약 네가 이 비밀을 발설하면, 그러니까 누구한테라도 말하면 그날로 넌 내 손에 죽는 거야. 그 순간 너는 엄마랑 나랑 친구들이랑, 이 세상 모두랑 영원히 빠이빠이라고. 명심해!"

"알았어. 그런데 개를 어떻게 훔치려고?"

"걱정 마. 내가 방법을 찾는 중이니까!"

나는 명랑하게 대답했다.

그날 학교가 끝난 후, 토비와 나는 서둘러 차로 돌아왔다. 내가 차 문을 열자마자 토비는 운전석으로 뛰어들어가 크래커를 집어 들고는 손가락으로 처덕처덕 땅콩버터를 바르기 시작했다. 나는 뒷좌석으로 기어 들어가 문을 잠가버렸다. 엄마는 매일 우리더러 꼼짝 말고 있으라고 신신당부했다. 누군가가 다가와 우리더러 뭐 하고 있냐고 물으면 근처 은행에 있는 엄마를 기다리는 중이라고 대답하라고 했다.

나는 내 물건을 담아둔 쓰레기봉투를 이 잡듯이 뒤졌다. 마침내 스프링노트가 손에 잡혔다. 반짝이는 보라색 표지가 있는, 그럴싸한 노트였다. 나는 노트를 펼쳐서 깨끗한 면을 찾아 이렇게 썼다.

개를 훔치는 완벽한 방법

― 조지나 헤이즈 지음

여백에는 날짜를 적었다. 4월 5일. 그 옆에는 이렇게
썼다.

제 1단계 : 개를 찾는다.

나는 연필 끝을 잘근잘근 씹으며 창밖을 바라보았다. 누
군가가 정비소 옆문을 빠져나와, 쓰레기 수거함에 마분지
상자를 던져 넣었다. 나는 재빨리 몸을 웅크리고 숨을 죽였
다. 잠시 후 정비소 문이 쾅 닫히는 소리를 듣고 나서야 다
시 노트를 펼쳐 들었다.

🐾 적당한 개를 찾기 위한 규칙들

1. 너무 시끄럽게 짖지 않아야 한다.

2. 물지 않아야 한다.

3. 가끔은 개 혼자 밖에 있어야 한다.

4. 주인의 사랑을 듬뿍 받는 개여야 한다. 아무도
   관심 없는 늙어빠진 개는 안 된다.

5. 개 주인은 개를 돌려받기 위해 돈을 펑펑 쓸 수
   있는 사람이어야 한다. 예를 들어 큰 집에 살면
   서 리무진이나 그 비슷한 것을 타고 다니는 사

람이면 좋다.

하지만 여기까지 쓰고 나서 리무진에 이어지는 다음 문장을 연필로 죽죽 그어버렸다. 노스캐롤라이나의 다비에서, 리무진이란 걸 구경해본 적도 없으니까.

나는 연필 끝을 계속 잘근잘근 씹으며 천장을 올려다보았다. 흑갈색 얼룩이 구름처럼 번져 있었다. 운전자석 위쪽에는 엄마가 핀으로 고정시켜놓은 메모가 달랑달랑 붙어 있었다. 만일의 경우를 대비해서 적어놓은 비상 연락망이었다. 엄마는 이 냄새나는 똥차에 전화기가 없다는 걸 까먹은 모양이다.

내가 작성한 규칙 목록을 다시 한번 훑어보면서, 나는 내가 둘로 분리되는 착각에 사로잡혔다. 한쪽의 내가 이렇게 속삭였다.

'조지나, 이러지 마. 개를 훔치는 건 누가 뭐래도 나쁜 짓이야.'

하지만 또 다른 나는 이렇게 말하고 있었다.

'조지나, 지금은 상황이 좋지 않잖아. 양심을 버리고 무슨 짓이라도 해야 할 때라고.'

나는 차 안에 그대로 앉아 생각에 잠겼다. 마음이 이쪽으로 기울었다가 다시 저쪽으로 기울었다. 한참을 갈팡질팡하다가 마침내 그냥 생각을 않기로 마음먹고 또다시 노트에 적힌 규칙들을 찬찬히 훑어보았다.

놓친 부분은 거의 없어 보였다. 나는 노트를 쓰레기봉투 맨 밑바닥에 쑤셔 넣은 후 토비를 불렀다.

"토비, 서둘러. 개를 찾으러 가자."

나는 토비에게 선언했다.

"좋아. 넌 저쪽으로 가고, 난 이쪽으로 간다."

녀석이 눈을 가늘게 뜨고 내가 가리킨 방향을 바라 봤다.

"저쪽엔 개가 안 보이는데." 녀석이 볼멘소리를 했다.

한숨이 나왔다. 차라리 루앤에게 가서 도와달라고 할까. 정말 그렇게 하고 싶었다. 하지만 그 애보다는 토비를 믿는 편이 안전했다. 그 애는 일을 망쳐버릴 가능성이 높았다. 물론 그럴 의도는 없겠지만, 분명 그러고 말 것이다. 루앤의 엄마 때문이다. 루앤의 엄마는 우리가 말하지 않아도 지금 무슨 짓을 하고 있는지 훤히 꿰뚫어 보곤 했다. 게다가 고드프리 부인은 나를 눈곱만치도 좋아하지 않았다. 내가 그 집에 놀러갈 때마다 굉장히 아니꼬운 눈초리로 나를 내려다보곤 했다. 한번은 내가 만진 루앤의 방문 손잡이를 스펀지로 박박 문지른 적도 있었다. 마치 내가 그 집 가족들에게 해로운 세균이라도 퍼뜨린 양 말이다. 그리고 우리가 살던 집에 루앤을 초대할라치면, 항상 무슨 핑계를 대서라도 안 된다고 말했다. 마술사가 아무것도 없는 모자에서 토끼를 꺼내듯, 루앤의 엄마는 있지도 않은 허무맹랑한 이유들을 만들어내곤 했다. 치과 예약이 잡혀 있다든가, 친척집에 가야 한다든가, 갑자기 새 신발이 필요해서 신발 가게에 가야 한다든가.

그러니까 루앤에게 개 훔치는 일을 도와달라고 하는 건 별로 좋은 생각이 아닐 것이다. 하지만 토비는? 녀석역시 도움을 주기보다는 문제를 일으킬 가능성이 더 컸다. 그건 알지만…… 안타깝게도 내게는 선택의 여지가 없었다.

"잘 들어, 토비."

나는 아주 천천히, 침착하게 말했다.

"저쪽으로 가서 찾아보란 말이야. 집 마당을 살펴봐.

현관을 둘러보고 뒤뜰도 살펴보라고. 그냥 찾아봐. 알았어?"

"응, 알았어."

녀석은 고개를 끄덕이며 내가 가리킨 쪽으로 터벅터벅 걸어갔다. 하지만 금세 또 걸음을 멈추었다.

"개가 보이면 어떻게 해야 돼?"

"나한테 와."

"알았어."

"그리고 규칙을 명심해. 짖지 않는 거랑 기타 등등. 오케이?"

"오케이."

우리는 정반대 방향으로 걸어갔다. 나와 처음 마주친 개는 한데 엉겨 붙은 갈색 털 뭉치 같았다. 그 녀석은 몇 걸음 걷다 땅에 코를 박고 킁킁거리다가 다시 또 배회하기를 반복했다.

"얘야, 이리 온."

나는 최대한 상냥하게 개를 불렀다. 녀석은 고개를 쳐들더니 가느다란 꼬리를 살랑살랑 흔들었다. 녀석의 얼굴은 군데군데 털이 벗겨져 있었다. 한쪽 눈에 찢겨진 흉터가 보였고 그 주변에 벌레가 들끓었다. 안 돼, 저 개는 안 된다. 저 개한테는 주인이 없다. 확실하다.

그래도 안쓰러운 마음이 들어서 나를 향해 달려온 녀석의 머리를 잠깐 동안 쓰다듬어주었다. 그러고는 미련 없이 가던 길 쪽으로 몸을 돌렸다. 마당에 트레일러가 놓여 있는 어느 집 쪽으로 다가가자, 갑자기 개 한 마리가 왕왕 짖어대기 시작했다. 시끄럽고 새된 소리였다. 더 가까이 다가가 보았다. 그 개는 집 옆의 기둥에 빨랫줄로 묶여 있었다. 녀석은 다리가 짧았다. 뭉툭한 코에, 나선형으로 돌돌 말린 꼬리를 갖고 있었다. 녀석과 내 눈이 마주쳤다. 녀석은 빨랫줄이 허락하는 한 앞뒤로 정신없이 왔다 갔다 하면서 점점 더 크게 짖어댔다.

트레일러 안에서 어떤 남자의 목소리가 울렸다.

"조용히 해, 스파키!"

안 돼, 저 개도 안 된다. 너무 시끄럽다.

몇 집을 더 지나쳐 가자, 길가에 앉아 있는 큰 개 한 마리가 눈에 들어왔다. 검은 털이 덥수룩한 그 개는 나를 똑바로 쳐다보았다. 그 개를 쓰다듬어주려 했는데, 녀석은 꼬리를 뒷다리 사이로 감추고는 슬금슬금 뒷걸음질을 쳤다. 잠시 후 어떤 여자가 둘둘 만 신문지를 손에 들고서 밖으로 나왔다. 그녀는 녀석의 엉덩이를 신문지로 호

되게 후려치고는, 개 목걸이를 거칠게 잡아끌어 현관문 계단 밑으로 몰아넣었다.

"거기 얌전히 있으라고 말했지!"

개에게 경고한 후 발소리를 쿵쿵 울리며 현관문 계단을 올라 집 안으로 들어가버렸다. 아무리 봐도 개를 위해 돈을 지불할 사람 같지는 않았다.

마침내 거리 끝까지 오고야 말았다. 그리고 그곳에서, 나는 온몸으로 '나를 훔쳐주세요'라고 애원하는 개 한 마리를 발견했다. 녀석은 깨끗했다. 털 손질도 잘돼 있었다. 목에는 빨간색 스카프까지 둘렀다. 내가 가까이 다가가도 짖지 않았다. 심지어 내가 머리를 쓰다듬어주자, 자기가 세상에서 가장 행복한 개라는 걸 증명해 보이듯 꼬리를 살랑살랑 흔들기 시작했다. 드디어 훔치기에 완벽한 개를 찾았다고 기뻐하려는 찰나, 녀석의 사는 집에 시선이 가 닿았다. 순식간에 마음이 바뀌었다. 현관문 계단은 쥐가 갉아먹었는지 구멍투성이였고, 빨간 흙이 그대로 드러난 앞마당은 온갖 잡동사니로 뒤덮여 있었다. 벽돌이며 나무판자 따위가 얼기설기 얽혀 있는 계단이 쥐구멍만 한 집으로 이어져 있었다. 그 집이란 것도, 여기저기 페인트가 벗겨지고 방충망도 너덜너덜했다. 창틀에 걸린 플라스틱 화단은 헐거워진 채 한쪽으로 기울어져 있었다. 화단 안에는 말라비틀어진 갈색 꽃과 흙이 너저분하게 널려 있었다. 차고에서 도로로 이어지는 진입로는 자갈이 마구 박혀 있었고, 그 가운데의 콘크리트 블록에 녹슨 구형 자동차가 허술하게 주차돼 있었다.

안 돼, 이 개도 안 된다. 이 집에 사는 사람들은 부자가 아니다. 그들이 개를 얼마나 사랑하든 간에, 500달러를 선뜻 내어줄 여력은 안 될 게 분명했다.

아무래도 노트에 적어놓은 규칙을 모두 만족시키는 개란 천국에나 있는 모양이다.

나는 정비소 골목으로 되돌아가서 토비를 기다렸다. 녀석은 깡충깡충 신나게 뛰면서 한달음에 내 쪽으로 달려왔다. 나는 왠지 반가워 큰 소리로 물어보았다.

"뭐 좋은 소식이라도?"

"딱 한 마리 봤어. 근데 나한테 으르렁거리던데?"

"한 마리뿐이야? 확실해?"

"고양이는 몇 마리 봤어."

"안 돼. 고양이는 소용없어."

"왜 안 돼?"

"그냥 안 돼."

왠지 신경질이 났다.

"한 골목만 더 돌아보자. 엄마가 오기 전에 차로 돌아가야 돼."

나는 서둘러 다음 골목으로 향했다. 토비는 길가에 떨어진 물건들을 줍느라 툭하면 시간을 잡아먹었다. 돌멩이나 나무 열매, 포장지, 그냥 그렇고 그런 잡동사니들. 그때마다 몇 번이고 그 녀석의 목덜미를 잡아끌어야 했다. 우리는 하염없이 걸었지만 별 소득은 없었다. 거리 끝에 도달했을 때, 옆 골목의 이름이 적힌 표지판이 보였다.

'위트모어 가.'

"왠지 끌리는 이름이야. 이쪽을 살피면서 올라갔다가 반대쪽을 살피면서 내려오자. 넌 나만 따라다녀."

우리는 거리를 따라 다시 걷기 시작했다. 담 너머를 훔쳐보고, 뒤뜰을 넘겨보고…… 결과는 역시나 꽝.

갑자기 토비가 한 곳을 가리켰다.

"저 집 좀 봐."

토비의 손가락 끝을 따라 고개를 돌렸더니, 그 앞에 벽돌로 지어진 커다란 저택이 떡 하니 모습을 드러냈다. 다른 집들은 조그마한 1층짜리 목조건물이었고, 마당도 좁고 현관문이나 계단도 없었다. 그러나 그 벽돌집만은 2층이었다. 분명 그 안에는 방이 수두룩하게 있으리라.

"얼른 따라와. 가서 살펴보자고."

우리는 그 집까지 전속력으로 달렸다. 작은 집들 사이에서 단연 돋보이는 집. 앞마당은 거리 전체에서 가장 넓었고, 사슬로 연결된 담장이 마당을 둘러싸고 있었다. 담장을 따라 내 키보다 더 큰 나무들이 울타리를 이루었다.

나는 마당의 대문 너머로 안쪽을 살펴보았다. 그 집은 으리으리한 저택 같았다. 널찍한 현관 베란다에 흔들의자와 그네 의자가 놓여 있었다. 그네의 줄은 창문 덮개와 똑같이 예쁜 초록색으로 칠해져 있었다. 앞마당은 사방이 꽃 천지였다. 덤불 사이로 꽃망울이 팡팡 터지고, 가로등 주위로 꽃향기가 퍼지고, 진입로 군데군데 꽃잎이 흩날렸다.

잠시 후, 믿지 못할 광경이 눈앞에 펼쳐졌다. 현관 베란다 화단에 나란히 심어놓은 화초 사이로, 한 마리의 개가 모습을 드러낸 것이다. 검은 털과 흰 털이 고루 섞인 앙증맞은 개가 열정적으로 흙을 파고 있었다. 녀석의 꼬리 뒤로 흙먼지가 폴폴 날렸다. 녀석은 엉덩이를 하늘로 치켜든 채 날씬한 꼬리를 마구 흔들어댔다. 두 앞다리는 여전히 흙을 파는 데 여념이 없었다.

그때 현관문 안쪽에서 다정한 목소리가 들려왔다.

"윌리!"

거구의 뚱뚱한 아줌마가 현관문을 열고 나왔다. 나는 울타리 뒤로 몸을 숨기고 토비를 내 옆으로 잡아끌었다. 나는 손가락을 입술에 대고 "쉿!" 하고 토비에게 주의를 주었다.

저 아줌마는 앞마당을 파냈다는 이유로 개를 야단칠까? 혼낼 요량이면 번개처럼 계단을 내려와 개를 한 대 후려치겠지. 하지만 그녀는 개를 혼내지 않았다. 오히려, 호탕하게 웃었다! 그러더니 "널 어떡하면 좋니, 이 못된 녀석! 아유 귀여운 것!" 하고 애정 어린 핀잔을 퍼부었다.

나는 땅에 바짝 엎드린 채 대문 앞으로 조금씩 기어가며 안을 훔쳐보았다.

그 아줌마는 현관 베란다 계단에 앉아 조그만 개를 무릎 위에 올려놓고는 개가 자기 얼굴을 마음껏 핥게 내버려두었다. 녀석의 등을 살살 긁어줄 때는, 오히려 자신이 고개를 쳐들고 두 눈을 감은 채 행복한 표정에 젖어들었다. 그러더니 한쪽 다리를 쭉 뻗었다. 반바지에 온통 흙먼지가 묻어도 전혀 개의치 않았다. 그녀는 이 팔자 좋은 개의 머리를 두 손으로 잡고는 자신의 얼굴 앞으로 갖다

댔다. 그러고는 에스키모들이 인사할 때처럼, 자신의 코를 개의 코에 마구 비볐다. 아주 오래전 아빠가 날 사랑할 때 해주던 것처럼.

그다음 그녀는 개를 데리고 현관문 안으로 들어갔다.

내 마음속은 그야말로 흥분의 도가니였다. 머릿속으로는 이미 개를 훔치기 위한 모든 규칙을 하나하나 빼먹지 않고 모조리 따져보고 있었다. 저 깨끗하고 조그만 개한테 벼룩 따위가 있을 리 없다. 녀석은 단 한 번도 짖지 않았다. 주인의 사랑을 듬뿍 받고 있다는 데는 의심할 필요조차 없었다.

나는 그 저택을 다시 바라보았다. 대단히 큰 집이었다. 그 아줌마는 분명히 부자일 것이다. 그때 이러한 확신을 증명할 만한 무엇인가가 내 주의를 잡아끌었다. 대문 옆 우편함. 상당히 녹이 슬었고, 대문에도 간신히 붙어 있었지만, 표면에는 대문짝만 한 검은 글씨로 이렇게 적혀 있었다.

'위트모어.'

위트모어? 저 아줌마 성이 위트모어라고? 이 거리 이름도 '위트모어'가 잖아!

"토비!"

나는 애써 흥분을 누르며 소리쳤다.

"토비, 토비, 아까 그 아줌마가 이 거리 전체의 주인이야! 이게 꿈은 아니겠지?"

토비의 두 눈이 휘둥그레졌다. 녀석은 믿을 수 없다는 듯 고개를 세차게 흔들었다. 나는 얼굴 한가득 웃음을 머금고 엄지손가락을 번쩍 치켜들었다.

"토비, 우리 말이야, 드디어 딱 맞는 개를 찾은 것 같아."

나는 차 운전석에 앉아 봉투를 이리저리 뒤집어 보았다. 봉투 앞면에는 자연스럽게 휘갈겨 쓴 글씨로 '헤이즈 부모님께'라고 적혀 있었다.

　봉투를 코 앞에 대고 킁킁 냄새를 맡아보았다. 담임선생님인 화이트 씨의 냄새가 났다. 비누 냄새, 치약 냄새, 커피 냄새가 뒤범벅된……. 나는 봉투를 차창에 대고 햇빛에 비춰 그 안의 편지를 읽어보려고 안간힘을 썼다. 그러나 이 방향 저 방향으로 돌려보아도 한 글자도 읽을 수 없었다.

　하지만 그 내용은 안 봐도 알 수 있었다. 나에 대한 애

기겠지. 숙제를 안 했다고, 산수 시험에 통과하지 못했다고 일러바치는 내용일 것이다. 어쩌면 요즈음 내 차림새가, 잔뜩 구겨진 옷에, 기름기가 덕지덕지한 머리에, 아무튼 말도 못하게 구질구질하다고 썼을지도 모른다. 게다가 학교에만 가면 왜 그렇게 졸음이 쏟아지는지. 간혹 점심 사 먹을 돈이 없어서 쫄쫄 굶을 때도 있었다. 틀림없이 담임선생님은 우리 집에 전화를 했지만 아무도 받지 않았다고 편지에 썼을 것이다. 그 편지에는 이런 내용들이 담겨 있을 게 뻔했다.

나는 차창을 내리고 길가에 무성하게 자라난 잡초들을 바라보았다. 아직 4월밖에 안 됐는데 벌써부터 여름의 기운이 느껴졌다. 그래도 밤공기는 여전히 쌀쌀했다. 얼마나 다행스러운 일인지 몰랐다. 엄마는 밤새도록 차창을 꼭 닫아두었다. 벌레랑 파리 같은 게 차 안으로 들어오지 못하도록 하기 위해서라지만, 사실은 나쁜 놈이 접근할까 봐 무서워서라는 걸 나는 알고 있었다.

그날 오후, 엄마는 일하는 곳에 토비를 데려가겠다고 했다. 나는 속으로 엄청 기뻤지만 조금 지나니까 말도 못하게 심심해졌다. 엄마를 따라가기 싫어서 루앤의 집에 놀러 간다고 거짓말했는데, 차라리 진짜 루앤네에 가볼까 하는 생각도 들었다.

학교 운동장에서 아이들의 재잘거리는 소리가 들렸다. 맙소사, 오늘 엄마는 학교와 너무 가까운 곳에 차를 세워 두고 갔다. 내가 차 안에 있는 걸 누가 보기라도 하면 어떡하라고. 만약 그런 일이 벌어진다면 난 뭐라고 말해야 할까? 게다가 나는 엄마가 왜 자꾸 주차 장소를 바꾸는지 전혀 이해하지 못했다. 엄마는 같은 곳에서 두 밤이 지나면 어김없이 그곳을 떠나 다른 곳에 차를 세웠다. 그렇게 해서 우리가 차지하게 된 이곳은 운 나쁘게도 학교와 너무 가까웠고, 위트모어 거리에서는 훨씬 더 멀었다. 이렇게 먼 곳에 있는데 어떻게 그 개를 계속 감시할 수 있겠는가.

나는 뒷좌석으로 기어가서 담임선생님의 편지를 내 쓰레기봉투 안쪽 깊숙한 곳에 찔러 넣었다. 그러고는 보라색 노트를 꺼내 들었다.

개를 훔치는 완벽한 방법

― 조지나 헤이즈 지음

여백에 '4월 6일'이라고 적었다. 그런 후에 '제1단계'

문장 밑으로 두 줄을 띄어놓고 이렇게 썼다.

제2단계: 훔치고 싶은 개를 발견했다면, 얼마동안 감시를
     한다.
        이때 잊지 말아야 할 규칙은 다음과 같다.
1. 개가 정말로 짖거나 물지 않는지 확인한다.
2. 울타리가 있다면, 마당의 대문이 잠겨 있는지
   살펴본다.
3. 개를 직접 들고 나올지, 아니면 가죽 끈이나 밧
   줄을 사용할지 결정한다.
4. 옆집이나 앞집에 시끄러운 사람들이 살고 있는
   지 확인해본다.

노트를 덮고, 차에서 빠져나와 목에 걸고 다니는 열쇠
로 차 문을 잠갔다. 그리고 위트모어 가를 향해 발걸음을
옮겼다.
목적지에 도착한 나는 잠시 걸음을 멈추고 상황을 점
검했다. 거리는 조용했다. 차 엔진을 고치느라 여념이 없
는 아저씨 한 명 말고는 아무도 없었다. 어느 집에서인가
아기 울음소리가 터져 나왔다. 어느 집 앞뜰에서는 스프

링클러가 천천히 원을 그리며 물을 흩뿌리고 있었다.

나는 염두에 두었던 집 쪽으로 조금씩 발걸음을 옮겼다. 긴장한 탓에 심장이 쿵쾅거렸지만 그 소리를 들킬 새라 일부러 조그맣게 콧노래를 흥얼거렸다. 최대한 편안한 표정을 지어 보이려고 애썼다.

차 엔진을 손보는 아저씨 곁을 지나쳤지만, 다행히 그는 고개도 들지 않았다. 나는 커다란 벽돌집 주위를 감싸고 있는 울타리를 따라 유유히 걸었다. 그러다 어느 지점에 이르렀을 때 콧노래를 멈추고 무슨 소리가 들리나 가만히 귀를 기울였다. 앞뜰은 쥐 죽은 듯 고요했다. 잠깐 뒤를 둘러보고 아무도 없는 걸 확인한 후, 마당 울타리 틈으로 머리를 집어넣어 앞뜰을 살펴보았다.

히코리 나무에 매달린 새집 안에서 새들이 푸드득 날아올랐다. 집의 현관은 굳게 닫혀 있었다. 그때 저번에는 놓쳤던 무엇인가가 내 눈에 들어왔다. 현관문 아랫부분에 나 있는 쪼끄만 개구멍. 개가 집과 정원을 마음껏 드나들 수 있도록 만들어놓은 문이었다. 왠지 좋은 징조 같았다. 아마도 주인이 자주 외출하는 모양이었다. 하지만 밖에 있을 때도 사랑하는 개를 생각하는 게 분명했다.

그 순간 내가 세운 규칙이 떠올랐다. 마당 대문이 잠겨 있는지 확인할 것. 나는 손을 뻗어 빗장을 들어 올렸다.

오, 그래. 잠기지 않았어.

느닷없이 집 모퉁이에서 다람쥐 한 마리가 툭 튀어나오더니 히코리 나무 위로 쪼르르 기어 올라갔다. 그리고! 나무 뒤 약간 떨어진 곳에, 그 개가 있었다. 까맣고 하얀 털로 뒤덮인 그 개가. 녀석은 나무를 향해 돌진하더니 가지 사이를 맹렬하게 살펴보기 시작했다. 녀석의 꼬리가 열정적으로 흔들렸다. 1분에 백만 번은 흔드는 듯했다.

"어이, 멍멍아."

녀석은 나무 아래 앉은 채 고개를 들어 내 쪽을 바라보았다. 녀석의 하얀 얼굴에는 주근깨가 점점이 박혀 있었고, 한쪽 눈 주위는 검은 털로 덮여 있었다. 꼭 안대를 쓴 해적 같았다. 녀석의 두 귀는 축 늘어져 있었지만, 나를 발견하자마자 쫑긋 섰다. 그러나 무엇보다도 마음에 든 것은, 녀석이 나를 향해 미소를 지은 것 같다는 점이었다. 양쪽 입꼬리가 올라가면서 앙증맞은 분홍빛 혀가 쑥 튀어나왔다.

"헤이, 멍멍아."

다시 한번 불러보았다. 녀석의 미소가 함박웃음처럼 커졌고, 꼬리가 쉭쉭 소리가 날 정도로 세차게 흔들렸다.

"예쁜아, 이리 온."

나는 대문 너머로 손가락을 까딱까딱했다. 녀석은 내 쪽을 향해 경쾌하게 달려왔다. 나는 허리를 굽혀 대문 틈으로 손을 집어넣었다. 녀석은 내 손의 냄새를 맡아보더니 두어 번 혀로 핥았다.

"안녕? 귀여운 친구."

녀석은 고개를 들고 나를 쳐다보았다. 캬, 요 깜찍한 것.

나는 집을 살펴보았다. 현관은 여전히 굳게 닫혀 있었고 안에는 아무도 없는 것 같았다. 녀석의 귀 뒤를 살살 긁어주었더니, 기분이 좋은지 내 손에 머리를 기대고 스르륵 눈을 감았다. 녀석은 액세서리를 두 개나 두르고 있었다. 하나는 벼룩 약이 들어 있는 꼬질꼬질한 비닐 목걸이였고, 다른 하나는 반짝반짝한 큐빅이 박힌 초록색 스카프였다. 스카프에는 개 뼈다귀 모양의 앙증맞은 은색 꼬리표가 매달려 있었다.

"이게 뭐야?"

나는 개를 조금 가까이 당겨서 꼬리표에 새겨진 문구를 읽어보았다.

'월리.'

뒤집어보니, 뒷면에 주소가 나왔다.

카멜라 위트모어

노스캐롤라이나 주 다비, 위트모어 가 27번지

그 아래에는 전화번호가 있었다.

"윌리."

나는 개의 이름을 가만히 불러보았다. 축 늘어져 있던 두 귀가 또 쫑긋 섰다. 녀석이 나를 향해 특유의 귀여운 미소를 또 한 번 지어 보였다.

"내 이름은 조지나야."

이번에는 윌리에게 내 소개를 했다. 바로 그때 아까 그 다람쥐가 히코리 나무줄기를 타고 내려왔고, 윌리는 다시 다람쥐를 뒤쫓아 다른 곳으로 뛰어가버렸다.

나는 허리를 펴고 서서 주위를 둘러보았다. 거리 끝에서 두 명의 꼬마가 자전거를 타고 있었다. 차 엔진을 고치던 아저씨는 이제 벤치에 앉아 담배를 피우고 있었다.

'이런, 저 아저씨가 봤으면 어쩌지?'

나는 왔던 길로 되돌아갔다. 개를 훔칠 생각으로 머릿속이 꽉 차 있는 사람이 아닌, 그냥 평범한 사람처럼 보이려고 노력했다. 고개를 숙이고 발끝에 집중했다. 절대 뛰어선 안 된다. 아저씨 앞을 지나갈 때는 눈길조차 돌리지 않았다. 매캐한 담배 연기가 코를 찔렀다.

그러다가 골목 끝에 도착하자마자 냅다 달리기 시작했다. 두 다리가 언제나 달리기를 원했다는 듯, 사정없이 움직였다. 그렇게 우리 차가 있는 곳까지 쉬지 않고 달렸다. 나는 차 문을 열고 운전석으로 몸을 날렸다.

두방망이질 치는 가슴에 손을 얹고 머리를 시트에 기댔다. 슬슬 의문이 피어올랐다. 정말 내가 개를 훔칠 수 있을까? 지금껏 살아오면서 어떤 것도 훔쳐본 적이 없었다. 루앤이 그러는 것은 딱 한 번 보았다. 그때 그 애는 엠앤엠즈 초콜릿 봉지를 코트 주머니에 슬쩍 넣고 있었다. 하지만 나는 아니다. 세상에, 내가 그 개를 훔친다고? 어떻게?

그렇지만 잠시 후 차 안에 널브러진 잡동사니들이 눈에 들어오기 시작했다. 참치 샐러드가 든 플라스틱 통과 얼음물이 가득한 스티로폼 아이스박스. 옷이랑 신발이 아무렇게나 쟁여져 있는 쓰레기봉투. 바닥에 놓인 우유 상자. 그 안에 들어 있는 휴지, 샴푸, 손전등, 캔 따개 등등……

나는 차 뒷좌석, 토비의 자리로 시선을 옮겼다. 공처럼 둘둘 말린 녀석의 담요와 베개, 스쿠비두 그림이 그려진

잠옷.

그 다음은 내 자리. 예전엔 서랍장 속에 가지런히 진열
돼 있었던, 내가 아끼는 모든 물건들이 이제는 비닐봉지
에 아무렇게나 쑤셔 넣어져 있었다. 말 조각상, 수영 대회
메달, 스모키 산맥에 갔을 때 샀던 조그만 헝겊 곰 인형.

이 차가 싫었다. 구석구석 다 지겨웠다. 나는 핸들에 두
손을 얹고는 운전하는 척해보았다. 부릉, 부릉, 부릉. 운전
시늉을 하는 내내, 아빠를 원망하고 또 원망했다. 모든 게
다 지긋지긋해졌다고 우릴 차에서 살게 만든 나쁜 사람.

우리는 차를 타고 떠난다. 다비를 벗어나, 노스캐롤라
이나를 벗어나, 쉬지 않고 달리고 달리고 또 달린다. 내가
상상할 수 있는 한 가장 먼 곳까지. 그런 상상을 하고 나
자 그제야 내가 앞으로 할 일에 대한 확신이 들었다. 나
는 그 귀여운 강아지, 윌리를 훔쳐야만 한다. 무슨 수를
써서라도.

방과 후, 루앤과 리자 토머스가 나란히 버스를 향해 걸어가는 모습이 보였다. 두 개의 금발머리 꽁지가 박자에 맞춰 좌우로 흔들렸다. 둘 다 발레 슈즈가 들어 있는, '다비 무용학원'이라고 적힌 토트백을 들고 있었다.

　나는 버스에 올라타 평소처럼 루앤의 옆자리에 앉는 대신, 그냥 그 자리에 서서 토비를 기다렸다. 셀프 세탁소에 가야 했기 때문이다. 나는 모든 아이들이 깨끗한 옷을 입고 버스에 올라타는 걸 지켜봤다.

　그 아이들에게는 돌아갈 집이 있었다. 그 집에는 몸을 편안하게 쭉 누일 수 있는 보송보송한 침대가 놓여 있겠지. 쓰레기봉투가 아닌 번듯한 옷장에 교복을 넣어두겠지. 그런 다음에는 셀프 세탁소가 아닌 축구 연습장이나 발레 학원으로 가겠지, 나와는 다르게.

나는 두 눈을 세차게 끔뻑인 다음 발끝만 뚫어져라 쳐다보았다. 아무리 비참해도 남들에게 그 마음을 들키고 싶진 않았다. 그렇게 보이는 것은 더더욱 싫었다. 하지만 내 운동화 끝은 거의 헤져 있었고, 그 틈으로 늘어진 파란색 양말 끝이 보일락 말락 내비쳤다.

누가 뒤에서 후다닥 뛰어오는 소리가 들렸다. 토비였다.

나를 향해 달려오고 있는 토비의 덥수룩한 앞머리가 눈을 향해 쏟아져 내리고 있었다. 저절로 새된 목소리가 흘러나왔다.

"빨리 와. 얼마나 오래 기다렸는지 알아? 거의 한 시간이나 기다렸단 말이야."

"버스를 타버렸어. 그런데 갑자기 버스 타면 안 된다는 게 생각나서 얼른 내렸어."

녀석의 변명이었다.

'어이구, 어련하시겠어.' 나는 속으로 투덜거렸다. 그 바보 같은 모습을 보고 루앤과 리자가 키득대는 모습이 눈에 선했다. 리자가 "조지나랑 토비는 왜 버스를 안 타지?"
라고 물어볼 게 뻔한데, 그럼 루앤은 뭐라고 대답할까?
제발, 제발 부탁이야, 루앤. 나는 눈을 감고 루앤에게 메시
지를 보냈다. 그 메시지가 주차장을 건너, 학교 버스 창문
을 통과해 루앤이 앉은 자리까지 닿기를 간절히 바랐다.
제발 리자한테 우리가 자동차에서 산다고 말하지 마.

　나는 서둘러서 동네 쪽으로 발걸음을 재촉했다. 토비
는 종종걸음으로 나를 뒤따라오면서 좀 천천히 가라고
우는소리를 했지만, 난 속도를 늦추지 않았다. 아니, 그럴
수 없었다.

　우리는 몽고메리 가, 엄마가 세탁소 근처에 차를 세워
둔 곳으로 이동했다. 마침내 차가 보였다. 나는 차 트렁크
를 열고 그 안에 가방을 획 던져 넣었다. 그런 다음 범퍼
위로 올라가 트렁크 안쪽으로 손을 뻗었다. 트렁크 바닥
에 깔린 카펫 모서리를 들추자 엄마가 숨겨둔 돈 봉투가
보였다. 나는 봉투를 꺼내어 그 안에 든 돈을 세어보았다.
내가 보기엔 꽤 많은 돈이었는데, 그래도 우리가 살 집을
구하기엔 부족한 것 같았다.

　봉투에서 5달러만 꺼낸 다음 다시 봉투를 카펫 아래로
밀어 넣었다. 그리고 더러워진 옷가지를 그러모아 안고

차 문을 잠갔다.

"이제 됐어. 가자, 토비."

나는 세탁기 한 대에 빨랫감을 몽땅 집어넣었다.

"세탁기를 두 대나 쓸 수는 없어. 과자 살 돈이 없어지잖아."

내가 토비에게 설명했다.

세탁소를 나오는 길에 모든 세탁기의 동전 반환구에 손가락을 집어넣어봤다. 겨우 25센트짜리 동전 두 개를 건질 수 있었다. 우리는 그 길로 구멍가게에 가서 짭짤한 맛의 크래커와 슬라이스 치즈를 샀다. 그리고 세탁소가 있는 골목으로 돌아와 따뜻한 아스팔트 바닥에 앉아서 과자와 치즈를 먹었다.

나는 치즈를 감싼 비닐을 벗겨내며 토비에게 말했다.

"잘 들어, 토비. 밧줄이나 뭔가 묶을 수 있는 게 필요해. 그 개의 목에 걸 만한 것으로."

토비는 고개를 끄덕였다. 녀석은 치즈 조각을 주물럭대며 조그만 공 모양으로 뭉치더니, 입속에 넣고 꽉 깨물었다.

"그런데 밧줄은 어디서 찾지?"

내 말에, 토비는 여전히 치즈를 우물대며 그저 어깨를 으쓱할 뿐이었다.

"야, 그만해."

나는 왠지 짜증이 나서 소리쳤다.

"날 도와주고 싶다면, 너도 뭔가 아이디어를 내야 할 거 아냐? 나 혼자 모든 걸 다 생각해낼 수는 없다고."

"알았어, 알았다고……. 음…… 가게에 가서 밧줄을 사면 안 돼?"

나는 눈을 부릅떴다.

"우린 돈을 벌자고 하는 거지, 쓰자는 게 아니야. 어떻게 해서든 공짜로 밧줄을 구해야 해."

토비는 쓰레기 수거함 옆에 쌓인 종이 상자들을 훑어보았다.

"여기를 뒤져보면 밧줄이 나오지 않을까?"

나는 자리에서 일어나 쓰레기 수거함 안을 흘깃 들여다보았다. 좀 더 많은 종이 상자가 있을 뿐이었다.

"별론데. 쓰레기 수거일까지 기다리는 게 좋겠어. 그날 사람들이 길거리에 쓰레기를 내다 놓을 테니까, 그때 우리가 뒤지면 되겠네. 그렇지?"

"그러지, 뭐."

토비는 또 하나의 치즈 조각을 뭉쳐서 두 개의 크래커 사이에 넣고 뭉갰다.

"빨래 다 됐겠다, 건조기에 넣으러 가야지. 그다음에 다시 한번 개를 보러 가자."

위트모어 가에 도착하자마자, 나는 쉿 하는 몸짓으로 토비에게 조용히 하라고 신호를 보냈다.

"그 누구도 우릴 알아봐서는 안 돼."

나는 들릴 듯 말 듯 한 목소리로 속삭였다.

길을 따라 걷다 보니 드디어 커다란 벽돌집에 닿았다. 앞뜰 모퉁이에 도착했을 때, 누군가가 집 앞에서 이야기하는 소리가 들렸다. 나는 울타리 사이로 안을 들여다보려고 애썼지만, 울타리를 이루는 나무들이 너무 빽빽했다. 나는 엿보는 걸 포기하고 담장 옆에 몸을 잔뜩 웅크린 채 귀를 기울였다.

"자아, 던진다. 잡아, 윌리!"

누군가의 목소리였다. 아마도 처음 왔을 때 봤던 그 아줌마일 거라고 생각했다.

행복에 겨워 낑낑거리는 윌리의 울음소리도 들렸다. 아줌마가 큰 소리로 웃더니 윌리에게 또 무슨 말인가를 했다. 잠시 후, 현관 베란다 계단이 삐걱거리는 소리, 그리고 현관문이 쿵 하고 닫히는 소리가 들렸다.

나는 토비를 돌아보며 속삭였다.

"아줌마가 집 안으로 들어간 것 같아. 보러 가자."

우리는 발끝으로 살금살금 대문까지 가서 문틈으로 앞뜰을 살펴보았다. 아줌마는 보이지 않았고, 윌리 혼자 현관 베란다에 앉아 있었다. 윌리의 눈과 내 눈이 마주치자, 녀석은 무서운 기세로 계단을 내려와 대문까지 달려왔다.

"안녕, 잘 있었니?"

내가 작은 소리로 인사를 하자, 녀석이 문틈으로 코를 내밀며 내 손을 핥았다.

"얘 진짜 귀엽지?"

"어, 그러네."

윌리는 토비가 내민 손도 신나게 핥았다. 토비가 물었다.

"이 개를 훔치기로 한 거야?"

"쉿! 조용히 해, 이 멍청아!"

나는 토비의 정강이를 발로 차며 주위를 둘러보았지만, 거리는 조용했고 아무도 없었다. 멀리 어디에선가 라디오 소리가 들리는 것 같았지만, 눈에 보이는 사람은 한 명도 없었다.

"모든 상황이 완벽해질 때까지 기다려야 돼. 저 아줌마가 없어야 된다고."

나는 고갯짓으로 벽돌집을 가리켰다.

"그리고 밧줄이 필요하다고 했잖아, 기억나?"

"그런데 밧줄을 구해서 저 개를 훔친 다음에는 어디다 숨겨?"

딩—! 이럴 수가! 그 생각은 전혀 하질 못했다! 어쩌면 이렇게 멍청할 수 있지? 그처럼 완벽한 계획을 세워놓고, 정작 그 개를 어디에 숨길지는 전혀 생각하지 않다니!

나는 윌리를 한 번 쳐다보고, 토비에게로 눈길을 돌렸다. 그리고 "아직 그 방법은 찾지 못했어" 하고 별것 아닌 척하며 가볍게 말했다.

"뭐 좋은 생각 있어?"

토비는 고개를 가로저었다.

나는 미간을 찌푸린 채 결론을 내렸다.

"그렇다면 뭔가 방법을 찾아야겠네."

그날 밤, 나는 손전등 불빛에 의존해 산수 숙제를 풀어보려고 끙끙댔다. 토비의 코 고는 소리가 비치타월을 넘어 끊임없이 귓가에 꽂혔다. 한때는 산수를 꽤 잘했었는데, 더 이상은 아닌 것 같았다. 결국은 문제 풀기를 포기하고 보라색 노트를 꺼내 들었다.

개를 훔치는 완벽한 방법
― 조지나 헤이즈 지음

4월 7일. 오늘 날짜를 쓰고, '제2단계'를 적은 부분 아래에 또 다른 계획을 적어나가기 시작했다.

제 3단계 : 개를 훔칠 준비하기

1. 계속 감시하면서 정말로 훔치기에 적당한 개인지 본다.

2. 개 줄이 필요하다면, 밧줄이나 그 비슷한 걸 찾아낸다.

3. 개를 어디에 숨길지 결정한다.

나는 연필 꼭지에 달린 지우개를 씹으며 멍하니 어두운 창밖으로 시선을 던졌다. 3번이 정말 문제였다. 루앤에게 도와달라고 해볼까? 언제나 별의별 기막힌 아이디어를 떠올리곤 했으니까. 나는 노트에 써놓은 계획을 다시 물끄러미 내려다보았다. 쓸데없는 소리. 아무래도 이번 일은 나 혼자 해결해야 할 것 같았다. 뭔가 엄청난 기적이 일어나서 토비가 반짝이는 아이디어를 내놓지 않는 한은 어쩔 수 없었다.

노트를 덮어버렸다. 창밖의 가로등 주위로 어지럽게 날아드는 나방들의 움직임을 눈으로 좇았다. 어쩌면 개를 훔치는 건 그리 좋은 생각이 아닐지도 모른다. 나는 앞좌석 뒷면에 다리를 올리다가 내 발가락을 보고는 얼굴을 찡그리고 말았다. 꽃분홍색 페디큐어가 보기 흉하게 벗겨져 있었다. 새로 칠할 페디큐어도 없는데. 집에서 쫓겨날 때 길에다 버리고 온 다른 물건들에 섞여서 사라져버린 것이다.

엄마는 짐을 여러 개 싼 나를 보더니, "조지나, 있는 물건들을 다 가져갈 순 없어"라고 명령조로 말했다. "가방 하나만 싸. 더 이상은 안 돼"라고 말하는 엄마의 목소리는 아주 단호했다.

그 기억을 떠올리자 코끝이 찡해지면서 눈물이 터져 나오려고 했다. 그런 찰나, 엄마의 발소리가 밤공기를 울렸다. 나는 자리에서 일어나 앉아 차창을 내렸다.

"조지나, 좋은 일이 있어!"

엄마는 목소리를 죽여 말했지만, 잔뜩 흥분한 상태였다.

"뭔데요?"

"집을 구했단다!"

"정말?"

그동안 마음속을 짓누르고 있던 무거운 납덩이 하나가 날아가는 것 같았다.

엄마는 차 문에 두 손을 짚더니 나를 향해 씩 웃음을 지어 보였다. 야간 근무조로, 리걸 드라이클리너 세탁소 한 구석에서 다림질을 하다 온 엄마의 머리카락은 아무렇게나 뻗쳐 있었다. 엄마는 신발을 벗고 앞좌석에 올라탔다.

"정말이고말고! 드디어 번듯한 집으로 들어가는 거야!"

우린 한 번도 '집'에서 살아본 적이 없었다. 항상 아파트에서 살았다. 벌써부터 내 침실에 들어와 있는 기분이 들었다. 금색 테두리로 장식된 새하얀 가구가 있는 침실. 루앤의 방처럼 말이다. 어쩌면 분홍색 카펫이 깔려 있을지도 모른다.

"언제? 언제 가는데?"

"금요일."

엄마는 백미러를 보면서 머리를 매만졌다.

"엄마 모습 좀 봐. 어디서 피 터지게 싸우고 온 것 같다, 그치?"

"괜찮아. 그 정도는 아니에요."

이렇게 대답은 했지만, 사실은 거짓말이었다. 엄마의 몰골은 싸우다 온 정도가 아니라 아예 흠씬 두들겨 맞고 온 것처럼 보였다. 눈 밑에는 다크서클이 짙게 깔려 있었고 주름투성이 피부는 기름으로 번들거렸다. 그러나 내 마음은 지옥에서 천국으로 서서히 올라가고 있었다. 내심 개를 훔치는 건 나쁜 짓이라고 생각했는데, 더 이상 그럴 필요가 없어졌으니까. 나는 뒷좌석에 미끄러지듯 몸을 기댔다. 일이 이렇게 순조롭게 풀리다니, 이런 행운을 도저히 믿을 수가 없었다.

익숙한 다비 거리로 들어서자, 배 속이 미친 듯이 요동쳤다. 어떤 집이 우리 차지가 될 것인지 빨리 알고 싶어 안절부절못했다.

　그때 엄마가 흙먼지가 풀풀 날리는 자갈길로 방향을 틀었다. 왠지 예감이 좋지 않았다. 우리 차는 삐걱삐걱 덜컹덜컹대며 좁고 구불구불한 길을 따라 숲 안쪽으로 점점 더 깊숙이 들어갔다. 나무 기둥에 못으로 박힌, 손으로 쓴 낡은 표지판을 보았을 때는, 안 좋은 예감이 한층 더 나빠졌다.

　'돌아가시오. 사유지임.'

"여기가 맞아요? 확실해요?"

"당연하지. 어디로 가는지 확실히 알고 있어, 알겠니?"

하지만 엄마는 대답과는 다르게 핸들을 두 손으로 꼭 붙들고서 잔뜩 긴장한 채 앞만 보고 있었다.

잠시 후 나쁜 예감이 최악으로 치달을 무렵, 우리 차가 커브를 돌았다. 그러자 돌연 집 하나가 불쑥 모습을 드러냈다. 금방이라도 쓰러질 듯한 낡은 집이었다. 창문의 덧문은 너덜너덜했고, 현관문은 녹슨 경첩에 간신히 매달려 있었다.

엄마는 그 집 앞에 차를 세웠다. 우리 셋은 말없이 집이라기보다는 집의 잔해라 할 만한 건물을 응시했다. 타르지로 된 지붕은 함몰되어 썩은 나뭇잎과 솔잎 따위로 뒤덮여 있었다. 집 앞에는 근처에만 가도 찔릴 것 같은 가시덤불이 무성하게 자라고 있었고, 칡덩굴이 벽을 타고 지붕을 넘어 굴뚝까지 덮었다.

"자, 최고급 저택은 아니지만, 아무것도 없는 것보단 낫지."

나는 내 귀를 의심했다.

"저게 집이라고? 저기에 들어가서 산다고요?"

"그냥 잠깐만이야."

엄마는 자동차 시동을 끄고 갖가지 물건들을 옆 좌석의 종이 상자에 쓸어 담기 시작했다.

"핸디 팬트리의 비벌리 젠킨스 씨가 이 집 주인을 안다더라고. 우리가 잠깐 여길 써도 신경 안 쓸 거라던데."

토비의 두 눈에 눈물이 그렁그렁 맺혔다.

"싫어, 이런 데는……."

녀석은 계속 징징거렸다.

"그만해, 토비."

엄마가 매몰차게 말하고는 차에서 내려 집 앞의 가시덤불을 치우기 시작했다.

"둘 다 이리 와. 좀 둘러보자꾸나."

나는 팔짱을 끼고 자리에 털썩 드러누워버렸다. 이건 재앙이다. 아빠는 항상 못되게만 굴다가 결국은 우릴 버리고 떠났다. 그런데 이제는 엄마마저 정신이 나갔다.

"이리 와, 조지나. 그렇게 나쁘지도 않다고."

엄마는 덤불을 헤치고 기어이 현관으로 가서 문을 열고 안을 들여다보았다.

"정말이야. 청소를 하면 근사할 것 같아."

토비는 아직도 코를 훌쩍였다. 내가 먼저 무슨 말이라도 하길 기다리는 눈치였다.

"뱀 나올 것 같아!"

나는 차 창문을 열고 냅다 소리를 질렀다. 그러나 엄마는 집 안으로 들어가버렸다. 얼마 동안의 시간이 흐른 후 다시 엄마의 목소리가 들렸다.

"뱀은 없어. 심지어 가구도 있는데? 빨리 들어와 봐."

나는 토비를 돌아보았고, 토비도 날 쳐다봤다. 토비가 걱정스럽게 물었다.

"누나, 정말 저 집에 뱀이 있을까?"

"뱀도 있고, 그보다 더한 것도 있을걸. 쥐랑 거미도 득시글할 거고, 유령도 나올 거야."

토비가 더 크게 울부짖었다. 엄마가 밖으로 나와 덤불을 치워 길을 만들면서 우리에게로 걸어왔다.

"어서 나오라니까."

그러면서 차 문을 열고 상자와 쓰레기봉투와 온갖 물건들을 끄집어냈다.

"싫어. 난 여기 있을래요."

내가 저항하자 토비도 덩달아 소리쳤다.

"나도 싫어. 나도 여기 있을래."

갑자기 엄마가 상자를 바닥에 내팽개치더니 뒷문을 홱 열었다.

"똑똑히 들어. 엄마는 지금 최선을 다하고 있어. 여기엔 적어도 머리 위에 지붕이 있고 물건을 넣어둘 방이 있어. 오래 살진 않을 거야."

"얼마나?"

내 말에 엄마는 한숨을 내쉬었다.

"그리 길진 않을 거야. 집을 빌릴 만한 돈은 거의 모았어. 하지만 집을 얻으려면 보증금이란 게 있어야 해. 너흰 말해도 모를 거야."

엄마의 목소리가 점점 높아졌다.

"도대체……! 내가 손가락만 까딱하면 복권에라도 당첨되는 줄 아니?"

급기야 자동차 뚜껑을 손바닥으로 탕탕 내리치면서 소리를 질렀다.

"집세도 있지, 보증금도 있지, 자동차 기름 값도 있지. 그것뿐인 줄 아니? 전기료, 수도료, 전화비도 내야 해. 음식값, 옷값, 병원비…… 온갖 게 다 돈 들어갈 일뿐이라구!"

'온갖 게'를 발음할 때는 발로 차를 세게 걷어차기까지 했다. 쾅! 그 바람에 토비와 내 몸이 기우뚱하고 흔들렸다.

"알아들었으면 당장 그놈의 차에서 기어 나와 집으로 들어가!"

엄마는 마지막으로 경고한 후 상자를 끌어안은 채 덤불을 헤치고 다시 집 안으로 들어갔다.

나는 베개와 비치타월을 그러모은 후 토비에게 말했다.

"너도 나와, 토비. 가자."

집 안에선 눅눅한 곰팡이 냄새가 났다. 바닥은 온통 나뭇잎과 열매투성이였다. 합판으로 덮인 거실 창문 아래에는 울퉁불퉁한 소파가 놓여 있었다. 쥐인지 뭔지가 소파 아랫부분을 갉아먹었는지 솜이 삐져나와 있었다. 구석에는 누렇게 바랜 신문지가 쌓여 있었다. 돼지고기와 콩이 들어 있었을 빈 깡통 두 개가 녹슨 난로 위에 놓여 있었다.

나는 엄마를 따라 주방으로 들어갔다. 군데군데 금이 간 리놀륨 바닥은 끈적끈적했고, 걸음을 옮길 때마다 끼이익 하고 쥐어짜는 듯한 신음 소리가 났다. 나는 코끝을 찡그리며 싱크대 안을 흘깃 들여다보았다. 천장에 난 구멍으로 떨어진 잔가지와 먼지들이 더러운 갈색 물 위를 둥둥 떠다녔다. 수도꼭지를 돌려봤지만, 물은 나오지 않왔다. 단 한 방울도 나오지 않았다. 주방 구석에 수평이 맞지 않는 식탁이 놓여 있었고, 그 위에는 빈 탄산수 병과 맥주병이 한가득이었다. 담배꽁초까지 바닥에 마구 흩어져 있었다.

"우리 꼬진 자동차도 여기보단 낫겠다."

내가 누구 들으라는 듯 일부러 큰 소리로 말했지만, 정작 엄마는 못 들은 척했다. 엄마는 식탁 위에 상자를 올려놓고 머리를 쓸어 넘겼다.

"너희 둘, 나머지 짐 챙겨 와. 빨리 청소 시작하자."

엄마의 명령이었다.

그날 밤, 나는 바닥에 널브러진 옷더미 위에 드러누워 비치타월을 덮고 곰팡이로 얼룩진 천장을 말똥말똥 쳐다보았다.

비가 샜는지 천장 한쪽 구석에 희미하게 얼룩이 져 있었다.

눈을 가늘게 뜨고 보니, 그 검은 얼룩이 꼭 윌리처럼 보였다. 녀석의 귀와 눈, 심지어 수염까지 꼭 닮았다. 아침까지만 해도, 나는 윌리의 존재를 마음속에서 깨끗이 지워버렸었다. 하지만 이제 그 녀석이 다시 내 마음속을 기웃거리기 시작했다. 다 이 끔찍한 집 때문이다.

방 저쪽 구석에서 엄마가 뒤척이는 소리가 들렸다. 토비는 내 옆에 몸을 말고 드러누운 채로 잠이 들었다. 이따금씩 다리로 허공을 걷어차면서. 십중팔구 거미와 뱀이 나오는 꿈을 꾸고 있을 것이다.

나도 어서 빨리 잠이 들고 싶었다. 그러면 이 모든 상황을 잊을 수 있을 테니까. 하지만 도무지 잠이 오지 않았다. 우리가 어쩌다 이 지경까지 됐는지 의아해하면서 그저 누워 있을 뿐이었다. 문득 담임선생님께서 들려주셨던 이솝 우화 하나가 떠올랐다. 토끼와 개구리 이야기였다. 이야기 마지막에 선생님이 덧붙인 교훈도 생생하게 기억났다.

"자신보다 더 나쁜 처지에 있는 사람들이 항상 존재한다는 것을 잊지 맙시다."

'흥!' 나는 코웃음을 쳤다. 이솝 아저씨는 바보다. 뭘 몰라도 한참 모른다. 나보다 더 나쁜 처지에 있는 사람은, 이 세상에 단 한 명도 없다.

나는 맥도날드 화장실 거울에 비친 내 얼굴을
꼼꼼히 뜯어보았다. 기름기로 떡 진 앞머리가 이마에 찰
싹 달라붙어 있었다. 잔뜩 구겨진 옷더미 위에서 잤더니
아직도 얼굴에 자국이 남아 있었다. 나는 흐르는 물에 손
을 씻고 젖은 손가락으로 머리를 쓸어 넘겼다. 그런 다음
휴지로 얼굴과 팔을 닦았다. 까끌까끌한 연갈색 종이가
피부를 긁어 빨갛게 생채기를 냈다.

　주말을 그 낡은 집에서 보내고 나니 차라리 자동차 안
에서 자는 게 더 낫겠다는 생각이 들었다. 엄마는 집을
꾸민답시고 벼룩시장에서 이것저것 물건들을 사 왔다.

엄마와 나와 토비가 번갈아 사용할 침대용 고무보트. 전지를 넣어야 가까스로 작동하는 라디오와 알람시계. 뭐 그렇고 그런 잡동사니들. 엄마는 심지어 빨간색, 보라색의 조화가 꽂힌 꽤 볼 만한 인조 화분도 하나 구해 왔다. 엄마는 셔츠 자락으로 화분 이파리에 쌓인 먼지를 쓱쓱 닦아내고는 나무난로 위에 떡하니 올려놓았다. 그렇게 하면 내가 이 집을 조금이라도 좋아할 줄 안 모양이다. 실상은 아무런 효과도 없는데. 빠른 시일 내에 이 상황이 변하지 않는 한, 나는 다시 개를 훔치기 위한 계획을 세울 작정이었다. 정말이지 그 방법 말고는 답이 없었다.

화장실 문이 열리더니 엄마가 머리를 쑥 들이밀었다.

"조지나, 지금 나가야 돼. 한 번이라도 더 늦으면 엄마 직장에서 잘린다."

나는 엄마를 따라 차를 향해 걸어갔다. 엄마가 입은 헐렁한 청바지가 땅에 질질 끌리는 게 눈에 몹시 거슬렸다. 요즘 들어 엄마가 부쩍 더 마른 것 같았다.

엄마는 핸디 팬트리 로고가 박힌 티셔츠를 입고 있었다. 엄마가 쥐고 있는 종이컵에서 뜨끈한 커피 김이 모락모락 피어올라 새벽 공기 속으로 흩어졌다. 엄마가 차에 올라타며 말했다.

"둘 다 저기 모퉁이에 내려주마. 둘이 같이 버스정류장까지 걸어가렴, 알았지?"

"네."

나는 뒷좌석 토비 옆으로 기어 들어가 내 물건이 담긴 비닐봉지 위에 발을 걸쳤다. 엄마가 (그 더럽기 짝이 없는!) 집 안에 우리 물건들을 보관해놓지 말라고 당부했기 때문에 그것들을 담은 비닐봉지는 여전히 차 안에 있었다. 엄마는 "만약에 대비해서 말이야,"라고 덧붙였다. 그 말에 나와 토비가 "만약의 경우라니요?" 하고 묻자, 엄마는 내 등을 찰싹 때리면서 너무 많은 질문은 금지라고 말했다.

"학교가 끝나면, 둘 다 차 안에서 기다려. 엄마가 세탁소 일까지 마치면 같이 집으로 돌아오는 거야, 알겠지?"

나는 가방 속에 노트를 집어넣었다. 오늘은 과학 프로젝트 작품을 학교에 가져가야 하는 날이었다. 물론 나는 만들지도 않았고, 실상 조금도 걱정되지 않았다. 담임선생님께는 작품을 잊어버렸다거나 도둑맞았다거나 어떻게든 둘러대면 될 것이었다.

"알았지, 조지나?"

엄마가 목을 길게 빼고 백미러로 나를 쳐다보며 다시

한번 물었다.

"대충은."

나는 창밖에 시선을 고정시킨 채 무심하게 대답했다.

"뭐가 불만이니?"

엄마의 한숨 섞인 목소리.

"아니에요, 아무것도."

"그러지 말고 얘기를 해봐, 조지나. 뭐가 불만인데?"

엄마가 재촉하자 갑자기 뱃속에서 무엇인가가 울컥 솟구쳐 올랐다.

"모든 게 다!"

나는 버럭 소리를 질렀다.

"이제 됐어요? 모든 게 다 불만이라고요!"

나는 여전히 창밖에서 시선을 돌리지 않았지만, 나에게 꽂힌 엄마의 눈길을 온몸으로 느낄 수 있었다.

마침내 엄마가 백미러를 노려보며 소리쳤다.

"엄마도 좀 쉬자, 응? 네가 우리를 더 힘들게 만들고 있는 거 몰라? 불만투성이에, 심술만 잔뜩 부리고. 내가 뭘 어쩌길 바라는 거야? 은행이라도 털까?"

토비가 키득키득 웃음을 흘렸지만, 내가 눈을 부릅뜨고 흘겨보자 이내 웃음기를 싹 지웠다.

"뭐, 엄마면 엄마답게 행동할 수도 있잖아요."

내가 힘없이 중얼거리자 엄마가 급브레이크를 밟더니 매서운 눈초리로 나를 쏘아보았다.

"잠깐, 뭐라고? 그거 도대체 무슨 뜻이야?"

"엄마면 자식들을 돌봐야 하는 거잖아. 자기 애들을 소름 끼치는 낡은 집에서 재우고 맥도날드 화장실에서 씻기는 게 엄마야?"

나는 거침없이 말했다.

엄마가 창백하게 질린 얼굴로 입술을 앙다물었다. 아마 머릿속으로는 무슨 말을 해야 하나 갈팡질팡하고 있겠지. 그러나 잠시 후 엄마는 그저 무거운 한숨만 내쉬며 몸을 돌리더니 다시 운전대를 잡았다.

그다음부터는 우리 셋 다 아무 말도 하지 않았다. 엄마가 버스정류장 근처의 길모퉁이에 차를 세웠고, 나는 차에서 내려 차 문을 쾅 닫았다. 아주 세게, 쾅!

"토비를 잘 돌보렴, 조지나. 알았지?"

내 뒤통수에 대고 엄마가 소리쳤다.

"네에……"

나는 중얼거리듯 답했다. 그러면서 엄마한테는 들리지 않게 다음 말을 덧붙였다.

"그러거나 말거나."

"많이 혼났어?"

루앤이 물었다. 우리는 버스가 있는 쪽으로 함께 걸어 가는 중이었다.

"별로."

"선생님이 뭐라셔?"

"암말 안 하던데."

"아무 말도?"

"뭐, 그러니까, 별말은 없었다고."

나는 루앤의 시선을 피했다. 눈이 마주치면 내 거짓말 이 들통날 것 같아서였다. 사실 담임선생님은 내게 엄청 많은 말을 쏟아냈다. 최근 들어 내 행실이 눈에 띄게 나빠졌다며, 도무지 이해할 수 없다고 말씀하셨다. 또 내가 노력을 하지 않는 데 대해 몹시 실망했다고 하셨다. 그러 더니 집에 무슨 일이 생긴 거냐고 자꾸만 물어보셨다.

내 시선은 선생님이 말하는 내내 교실 뒤쪽 옷걸이에 대롱대롱 매달린 스티로폼에 머물러 있었다. 누군가가 만든 멍청한 과학 프로젝트 작품이었다.

"아뇨, 선생님. 아무 일도 없어요."

나는 태연하게 대답했다. 그러자 선생님이 또다시 나한테 봉투 하나를 건네셨다. 겉면에 '헤이즈 부모님께'라고 적혀 있었다. 정말 아무 일 없다면 나한테 전화 한 통만 넣어달라고 부모님께 전해라, 라고 선생님은 말씀하셨다.

그래도 전화를 안 하시면 교장선생님께 네 문제를 말씀드릴 수밖에 없구나. 무슨 말인지 알겠지, 라고도 덧붙이셨다.

나는 "네, 선생님" 하고 고분고분 대답했다. 우리 아빠가 멀리 떠나버렸고 엄마는 살 집을 마련할 여력도 없으며 내 물건들은 쓰레기더미와 함께 버려졌다는 말은 입 밖에 꺼내지도 않았다. 가장 친한 친구가 더 이상 날 좋아하지도 않고 이제 새 친구를 사귀어 그 애하고만 다닌다는 말도 하지 않았다. 그저, "네, 선생님," 이 말만 앵무새처럼 되뇌었다.

나는 봉투를 가방 밑바닥에 깊숙이 찔러 넣고는 최대한 빨리 그곳을 빠져나왔다.

버스 안에서 루앤과 내가 늘 앉는 자리에 앉아 있는데, 리자 토머스가 우리 옆에 우뚝 섰다.

"오늘 걸스카우트 갈 거니?"

그 애가 루앤에게 말을 걸었다. 리자는 금색 반짝이로

'멋진 여자애'라고 적힌 빨간색 티셔츠를 입고 있었다.

"응, 너는?"

루앤이 되묻자, 리자가 포니테일로 묶은 금발 머리를 어깨 위에서 흔들며 대답했다.

"나도 갈 거야. 그럼, 거기서 보자."

"응, 그래."

내 마음은 질투심으로 부글부글 끓어올랐다. 걸스카우트라고? 루앤과 리자가 걸스카우트 모임에 나란히 서 있는 모습이 저절로 머릿속에 그려졌다. 함께 야외 요리 대회 배지를 만들고, 병원 요양소 방문 계획을 짜는 모습이 눈앞에 훤히 보이는 듯했다. 학교가 끝나면, 나는 걸스카우트에 가는 대신 토비를 돌봐야 했다. 게다가 회비를 낼 돈도 없었다. 하물며 식스 플래그 같은 놀이공원이나 야외 활동을 위한 특별회비는 꿈도 못 꿨다.

우리가 먼저 버스에서 내리자, 리자가 창문 너머로 손을 흔들었다. 루앤도 손을 흔들어주었지만, 나는 가만히 있었다. 토비가 종종걸음으로 우리 뒤를 졸졸 따라왔다.

"걸스카우트 가기 전에 우리 집에서 놀다 갈래?"

루앤이 물었다.

응, 이라는 말이 목구멍까지 올라왔다. 루앤 고드프리

의 집에 가서 그 애 방에 있는 부드러운 분홍색 카펫 위를 뒹굴며 통밀 크래커를 아작아작 씹어 먹고 싶었다. 그리고 내 걸스카우트 배지도 만들고 싶었다.

하지만 나는 "안 돼"라고 대답했다. 루앤도 더 이상 권하지 않았다.

나와 토비는 언덕 아래로 내려갔다. 엄마가 차 안에서 우리를 기다리고 있었다. 온갖 잡동사니로 가득 채운 비닐봉지가 앞좌석이고 뒷좌석이고 산더미처럼 쌓여 있는 낡아빠진 고물차. 정말이지 꼴도 보기 싫었다. 배기관으로 시커먼 연기를 쿨럭쿨럭 내뿜는, 엔진에서 털털털 불안한 소리가 흘러나오는, 이놈의 똥차.

"왔구나. 엄마가 뭐 갖고 왔게?"

엄마가 열린 창문 사이로 커다란 엠앤엠즈 초콜릿 봉지를 흔들었다.

"우와, 최고닷!"

토비가 총알같이 차 쪽으로 튀어 갔다. 내가 차 문을 거칠게 열고 가방을 냅다 안으로 던진 후 차에 올라탈 무렵, 토비는 벌써 초콜릿 봉지를 뜯고 있었다.

"난 안 먹어."

나는 가방에서 사회 교과서를 꺼내 들고 그게 숙제인

양 제21장을 읽는 척했다.

엄마가 운전석에서 나를 향해 몸을 돌렸다.

"조지나, 제발 그만해라. 안 그래도 모두 다 힘들어."

"내가 뭘 어쨌다고요?"

"몰라서 묻니?"

엄마는 다리를 좌석에 올린 채 등받이에 몸을 기대고 얼굴을 내 쪽으로 가까이 댔다.

"그렇게 오래 걸리지 않아, 엄마가 약속하마."

"얼마나 오래 걸리는데요?"

엄마는 또 한숨을 쉬었다.

"며칠만 더 버티면 될 거야, 아마."

며칠만이라고? 차라리 솔직하게 '영원히'라고 말하지 그래요?

나도 모르게 눈물이 뺨을 타고 흘러내렸다. 잠시 후 내 뺨을 어루만지는 엄마의 따스한 손길이 느껴졌다.

"미안하다, 우리 아가. 정말이야. 매일 밤 기적을 바라며 간절히 기도하지만, 아무도 들어주지 않는 것 같구나."

"어떤 기적?"

간신히 묻는 내 목소리가 가여울 정도로 기어들어갔다.

"글쎄……. 엄마도 잘 모르겠다."

엄마의 목소리도 마찬가지였다.

"뭐든 빈단다. 대개는 돈이고."

나는 고개를 끄덕였다.

'그래, 돈이야.' 나는 조용히 생각했다. 결국, 나는 개를 훔칠 것이다. 그래야만 한다. 우리가 이 진창에서 벗어나 다시 보통 사람들과 똑같이 살기 위한 방법은 그것뿐이다.

엄마는 차를 세워두고 우리에게 키스한 뒤 다시 일하러 나갔다. 나는 즉시 보라색 노트를 꺼내 개를 훔치기 위한 계획을 적어둔 페이지를 펼쳤다. 이미 실행에 옮긴 계획 옆에는 조그맣게 표시를 해두었다. 그러다 개를 숨길 곳을 찾아야 한다는 부분에서 잠시 숨을 골랐다. 나는 연필로 무릎을 탁탁 치면서 쥐가 나도록 머리를 굴려봤다. 도대체 어디에 개를 숨겨둔다지? 숲속 어딘가에? 아니면 엘크스 로지 뒤편에? 히람 폴리 씨네 집 옆에 있는 낡은 닭장 안은 어떨까?

나는 노트를 덮고 창밖을 내다보았다. 거리 맞은편 데어리퀸 아이스크림 가게 앞에 몇몇 사람들이 앉아서 시시덕대고 있었다.

처음에 이 아이디어를 떠올렸을 때는 개를 훔치는 일이 누워서 떡 먹기인 것처럼 느껴졌다. 하지만 지금은 그 어떤 일보다 어려운 것 같았다.

"누나."

골똘히 생각에 잠겨 있는데, 토비가 산통을 깼다.

"뭐야?"

"지금도 그 개를 훔칠 생각이야?"

"그래, 훔칠 거야."

"언제?"

"곧."

나는 단호히 대답한 후, 쓰레기봉투 속 너저분하게 쌓여 있는 옷가지들 틈으로 노트를 밀어 넣었다.

그날 밤은 내가 고무보트에서 잘 차례였다. 창문을 덮은 합판 틈 사이로 달빛이 쏟아져 들어와, 먼지가 뽀얗게 내려앉은 난롯가에서 춤을 추었다. 나는 모든 생각을 접고 잠에 빠져들려고 노력했지만, 머릿속에서 떠다니는 생각들을 스위치 내리듯 탁 꺼버릴 수는 없었다. 계획을 하나하나 수없이 반복해 떠올리면서, 앙증맞은 윌리를 그 모든 단계에 대입해 상상했다. 녀석을 품에 안고 달리는 내 모습이 그려졌다. 녀석을 어딘가에 숨기는 모습도. 하지만 그게 어디란 말인가?

나는 비치타월을 젖혀버리고 내 물건들이 있는 방구석으로 살금살금 걸어갔다. 노트를 꺼내 들고 글씨를 볼 수 있게끔 달빛이 비치는 곳에 자리를 잡고 앉았다. 나는 '개를 훔치는 완벽한 방법'의 '제3단계'가 있는 페이지를 펼쳤다. 그 아래에 날짜를 적었다. 4월 12일. 그리고 '3. 개를 어디에 숨길지 결정한다' 아랫줄부터 이어서 적기 시작했다.

a. 개를 숨길 장소는 언제라도 찾아갈 수 있도록 가까운 곳이어야 한다.

b. 반드시 아무도 가지 않는 곳이어야 한다. 누구든 개를 발견하는 날엔 개를 풀어주거나 유기견 보호센터 같은 데에 연락할지도 모른다.

c. 가능한 한 개가 편안하게 지낼 수 있는 곳을 찾아본다.

d. 되도록 지붕이 있는 곳을 찾는다. 비가 올 경우를 대비해서 말이다.

좀 더 생각해내려고 해봤지만, 너무 피곤했다. 마침내 머릿속이 점점 둔해지다가 모든 생각이 뚝 멈춰버렸다.

그래서 마지막으로 '이제 개를 훔칠 준비가 거의 다 되었다'라고 힘겹게 쓴 다음 노트를 덮었다.

그러고는 다시 살금살금 걸어서 고무보트 침대로 돌아왔다. 나는 비치타월을 턱까지 끌어 올리고, 두 눈을 감고, 꿈도 없는 깊은 잠에 빠져들었다. 그날 밤은 진짜 침대에서 잘 때처럼 푹 잘 수 있었다.

그러나 단언하건대, 다음 날 무슨 일이 벌어질지 알았다면, 나는 결코 그토록 달콤하게 잠들지는 못했을 것이다.

나는 고개를 푹 숙이고 공연히 책상만 노려보고 있었다. 제발, 제발 담임선생님이 날 부르지 않기를.

"조지나?"

기도는 여지없이 빗나갔다.

"화산에 대해 조사해 온 내용을 읽어보겠니?"

나는 손에 든 종이를 바라보았다. 글씨를 큼지막하고 헐렁하게 써서 간신히 분량을 채운 보고서였다. 다른 애들은 모두 자기 컴퓨터나 도서관 컴퓨터로 보고서를 작성하고 인쇄해 왔는데, 나는 아니었다. 나는 어젯밤 더럽디더러운 집구석에 앉아 보고서와 씨름할 수밖에 없었다.

내 얼굴은 벌겋게 달아올랐고, 보고서를 읽는 목소리
는 가늘게 떨렸다. "화산은 가운데에 구멍이 난 산처럼
생겼습니다. 구멍에서 불이 뿜어져 나오고 뜨거운 용암
이 아래로 흘러내립니다." 내 보고서는 이렇게 달랑 두
문장으로 끝이었다. 모두가 와하하, 하고 웃음을 터뜨렸
다. 분명히 루앤과 리자가 다른 애들보다 더 크게 웃었다.
내 귀엔 꼭 그렇게 들렸다.

담임선생님이 "쉬잇, 모두 조용!" 하고 아이들을 진정
시킨 후 내 어깨에 손을 올렸다.

"고맙다, 조지나."

그 순간 내 심장이 그를 향한 사랑으로 크게 부풀어 오
르기 시작했다. 사실 내가 작성한 보고서는 숙제라고도
할 수 없었다. 무턱대고 크게 쓴 글자들에 지나지 않았다.
그런데도 선생님은 날 혼내지 않았다. 내게 소리를 지르
지도 않았다. 그 전에 발표했던 루크 켓첨한테는 마구 소
리를 질렀었는데.

요즈음 내 학교생활이 불량했던 건 사실이지만, 그래
도 학교에는 다니고 싶었다. 적어도 학교에서만큼은 하
루하루가 어떻게 지나갈지 예상할 수 있었다. 국기에 대
한 맹세를 한 다음에는 점심 식사로 치킨핑거 대신 구운

치즈를 먹고 싶은 아이들이 손을 든다. 그다음엔 칠판을 확인하는데, 그날 하루의 일정이 적혀 있다. 산수 시간 다음은 읽기 시간. 철자 시험 다음은 체육 시간. 놀랄 일이 없다.

하지만 방과 후는 그렇지 않았다. 다음에 무슨 일이 생길지 절대로 알 수 없었다. 뭔가 새로운 일이 나에게 줄줄이 밀려들고 있는 것 같은데, 열에 아홉은 좋은 일이 아니었다. 화산 보고서 사건이 있었던 날도 그랬다. 학교가 끝나고 토비와 함께 차로 돌아왔는데, 엄마가 차 안에 앉아 새빨개진 얼굴로 엉엉 울고 있었다.

토비가 열린 문 사이로 뛰어들어 엄마를 숨 막힐 듯 세게 껴안았다. 엄마는 자신의 어깨에서 토비의 팔을 떼어 놓더니 갈라진 목소리로 말했다.

"둘 다 차에 타."

나는 늘 앉는 자리로 올라갔지만, 토비는 앞좌석에 자리를 잡으면서 상자며 가방이며 갖가지 물건들을 옆으로 밀어냈다. 토비가 계속 "엄마 왜 그래? 응?" 하고 물었지만, 엄마는 좀처럼 대답을 하지 않았다.

엄마는 차를 몰고 다비 거리를 쌩쌩 달렸다. 셋 다 입을 꾹 다문 채였다. 엄마는 두 손으로 핸들을 꼭 붙들고 있었다. 얼마나 세게 쥐었는지 손가락 마디마디가 하얗게 변했고 뻣뻣하게 굳은 팔꿈치는 떨림조차 없었다. 정지신호를 받아 차를 멈춰야 했을 때, 갑자기 엄마가 핸들에 고개를 푹 처박았다. 신호등이 초록빛으로 바뀌고 우리 뒤의 커다란 트럭이 빵빵댔지만 엄마는 고개를 들지도 않았다.

"엄마?"

내가 가만히 불러보았지만 엄마는 여전했다. 트럭이 또 한 번 경적을 울려댔고 누군가가 고함을 쳤다.

"엄마?"

나는 다시 한번 엄마를 불렀다. 트럭은 정신없이 경적을 울리면서 우리 옆으로 돌아갔다. 운전수가 우리를 향해 욕을 하면서 주먹을 흔들어댔다.

불길한 예감이 엄습해왔다.

"엄마, 초록불이에요."

이윽고 엄마가 핸들에 파묻었던 얼굴을 들고 텅 빈 눈으로 도로를 내다봤다. 뒤에서 또 다른 차가 빵빵거렸다.

"세탁소에서 잘렸어. 이게 말이나 되니?"

"어쩌다가……?"

엄마는 휴우우우우, 하고 긴 한숨을 내뿜었다.

"모르지, 뭐. 한두 번 지각해서 그런가? 아니면 다림질이 느린가? 아니, 그냥 내가 살아 있어서 그런가보지."

또 다른 차가 미친 듯이 경적을 울려대며 우리 옆을 거칠게 지나갈 때도, 엄마는 움직이려 하지 않았다.

"엄마, 아무래도 도로에서 나가야 할 것 같아요."

내가 걱정스레 말했다.

"아니, 아무래도 이 빌어먹을 세상에서 나가야 할 것 같다." 엄마의 목소리에서 절절한 진심이 느껴졌다. 엄마는 손으로 눈물을 훔치고 코를 닦았다.

"아무래도 내가 이 지구 상에서 영원히 사라져야 할 것 같아. 펑! 이렇게. 그러면 얼마나 좋을까? 그치?"

엄마가 손으로 '펑' 터지는 시늉을 했다.

그 말을 듣자마자 내 안에서 온갖 단어들이 와글와글 끓어오르더니, 마침내 입 밖으로 터져 나왔다.

"그래! 그러면 지인―짜 좋겠다!"

나는 고래고래 악을 쓰면서 앞좌석 등받이를 발로 쾅 차버렸다. 엄마의 머리가 앞으로 쏠렸지만 그래도 엄마는 꿈쩍 않고 앞만 바라보고 있었다.

"그냥 사라져버리지 그래요? 그럼 나랑 토비랑 하고 싶은 대로 하면서 살 수 있겠네. 안 그래, 토비?"

나는 토비의 등을 쿡 찔렀지만, 토비는 코를 훌쩍이면서 내가 미는 대로 힘없이 흔들릴 뿐이었다.

또 다른 차가 경적을 울렸다. 그러자 엄마가 자다 깬 사람처럼 퍼뜩 고개를 들고 마침내 자세를 가다듬기 시작했다. 눈앞으로 흘러내린 머리칼을 뒤로 넘기고 드디어 액셀레이터를 밟았다.

낡은 집으로 돌아오는 비포장 자갈길 위에서도 우리 셋은 단 한 마디도 하지 않았다. 차는 삐걱대고 흔들리고 덜컹거렸다. 엄마가 집 앞에서 시동을 끄자, 차는 마지막으로 몸체를 부르르 떨고는 이내 고요해졌다.

우리는 물건을 주섬주섬 챙기고 가시덤불을 헤치며 현관을 향해 걸어갔다. 그러다 갑자기 셋 다 약속이라도 한 듯 그 자리에 멈춰 서서 낡아빠진 집을 멍하니 보기만 했다. 두 개의 판자가 커다란 엑스 자 모양으로 현관문에 박혀 있었다. 누군가가 판자 위에 커다랗게 글씨를 써 놓았다. '여기는 사유지! 나가시오!' 문장 끝에 느낌표를 백만 개쯤 달아놓아서, 꼭 이렇게 보였다.

여기는 사유지! 냉큼 나가시오!!!!!!!!!!!!!!!

엄마는 현관문 바로 앞을 차지하고 있는 덤불 속으로 짐을 툭 떨어뜨렸다. 담요와 베개를 비롯한 갖가지 물건들이 땅바닥에 흩어졌다. 엄마는 부서질 듯한 계단 위에 털썩 주저앉아 포효에 가까운 소리로 울부짖었다. 엄마가 내뱉는 온갖 욕설이 나무숲 사이로 멀리 울려 퍼졌다.

토비는 내내 울고 짜고 한 탓에 얼굴이 아주 탱탱 부어 있었다. 나는 그 자리에 못 박힌 듯 서서 판자를 댄 현관문에 시선을 고정시켰다. 기분이 아주 엿 같은 게 더 놀라웠다. 내가 그 집을 얼마나 싫어했는데. 그런데도 어쨌든 차보다는 나았던 모양이다.

엄마의 뒷모습만 봐도 전신을 휘감은 슬픔을 느낄 수 있었다.

"그래도 집 안에 짐을 들여놓지 않은 게 다행이네. 엄마가 그렇게 하랬잖아요."

나는 애써 밝게 말했다. 하지만 엄마는 망연자실한 채 숲속만 바라보았다. 토비는 아직도 찔찔 짜면서 덤불 속에서 담요를 끌어내고 있었다.

"우리 물건이 저 안에 있는데 문이 잠겨버렸으면 어떡할 뻔했어?"

나는 또 공연한 소리를 했다. 엄마는 여전히 숲속만 응시하고 있었다.

"비벌리 젠킨스 아줌마가 집을 잘못 안 모양이네. 어쨌든 집주인은 우리가 여기 있는 게 싫다는 거잖아?"

이번에도 내 목소리였다. 엄마가 천천히 나를 향해 고개를 돌렸지만, 아무런 표정도 읽을 수 없었다. 화난 것도 아니고, 슬픈 것도 아니고, 아무것도 아니었다. 말 그대로 텅 비어 있었다. 엄마는 말없이 일어서서 흩어진 물건들을 주워 모았다.

"둘 다 따라와."

나와 토비는 군말 없이 엄마를 따라 차에 올라탔다.

자갈길을 돌아서 고속도로로 다시 들어섰을 때, 나는 조그맣게 콧노래를 흥얼거려보았다. 차 안을 맴도는 무거운 공기를 조금이라도 가볍게 하고 싶었다.

그 순간 엄마가 애원하듯 말했다.

"조지나, 제발."

나는 즉시 콧노래를 멈췄다.

창밖으로 지나가는 풍경을 바라보며, 나는 마음을 굳혔다. 반드시 그 개를 훔치고야 말리라. 반드시.

그날 밤 내 꿈에 토비가 개로 나왔다. 녀석은 자동차 안 내 옆자리에 앉아 고개를 창밖으로 내밀고 있었다. 녀석의 두 귀가 바람에 펄럭거렸다. 자동차는 쉴 새 없이 달리고 또 달려 마침내 길고 구불구불한 길 어귀에 들어섰다. 그 길은 아름다운 성으로 이어져 있었다. 엄마는 거대한 성문 앞에 차를 세우고는 자랑스럽게 말했다.

"이제 여기가 우리 집이야!"

개로 변한 토비가 켕, 하고 울음을 터뜨리며 그동안 이 옛집으로 돌아오길 얼마나 간절히 원했는지 모른다고 말했다.

그다음 순간 잠에서 깨고 말았다. 나는 잠든 토비를 내려다보았다. 차 바닥에 몸을 말고 누워서 엄지손가락을 입에 문 채 잠들어 있었다. 차 안의 공기가 후끈했다. 창문에는 온통 김이 서려 있었다. 나는 창문을 반쯤 내렸다. 다시 등받이에 몸을 기대고 창밖에서 번쩍거리는 브루시 크리크 루터교회의 네온 간판에 눈길을 던졌다.

아주 어릴 적에 딱 한 번, 그 교회에 간 적이 있었다. 그 당시 친구였던 레이신 위크햄과 함께였다. 교회에서 우리는 분홍색과 노란색 종이테이프를 엮어 바구니를 만들었다. 나는 내가 만든 바구니에 분홍색 끈을 붙여서 손잡이를 만든 후 그 안을 클로버 꽃으로 가득 채웠다. 엄마에게 선물할 생각이었다.

집으로 돌아오던 길도 기억이 났다. 나는 버스 맨 뒷자리 레이신의 동생 옆에서 꽃바구니를 무릎에 올려놓고 잔뜩 긴장한 채 앉아 있었다. 빨리 엄마에게 보여주고 싶어 온몸이 근질근질했다. 클로버 꽃은 이미 시들어서 바구니 밑에 축 늘어져 있었지만, 그런 건 아무래도 상관없었다. 그러나 내가 집에 도착했을 때, 엄마와 아빠는 서로 소리를 질러대느라 정신이 없었다. 내가 만든 꽃바구니를 보여주려고 애써봤지만, 두 사람 다 눈길 한 번 주지 않았다.

레이신은 플로리다로 이사 간 지 오래다. 그리고 나는 지금도 여기에서, 바로 그 교회를 바라보면서, 자동차 안에서 잠을 청한다.

아침 해가 밝자마자 우리는 팬케이크 하우스로 가서 얼굴과 손을 씻고 토스트를 조금 샀다. 자동차 트렁크 안의 우유 상자에 넣어두었던 빵은 파랗게 곰팡이가 피어 있었다. 엄마는 그걸 차창 밖으로 내던졌다. 곰팡이 핀 빵이 교회 주차장 바닥에 툭 떨어졌다.

"나 팬케이크 먹고 싶은데."

토비가 자기 몫의 토스트를 내려다보며 얼굴을 찌푸렸다.

엄마는 커피를 한 모금 마시고는 모락모락 피어오르는 김 사이로 날카로운 눈빛을 번뜩이며 말했다.

"안 돼."

"왜요? 먹고 싶단 말이야."

토비는 금방이라도 울 듯한 표정으로 징징거렸다.

엄마는 커피 잔을 쾅 내려놓았다. 테이블 위에 커피 방울이 튀었다.

"왜냐고? 알고 싶어? 왜냐면 먹고 싶다고 다 먹을 수 있는 건 아니니까!"

나는 묵묵히 토스트를 씹으며 엄마가 조그만 플라스틱 젤리 통을 가방에 집어넣는 걸 힐끔거렸다.

"학교 끝나면 둘이 와이로 가서 기다려, 알았지?"

"와이?"

"그래, 조지나. 와이."

다비의 와이엠씨에이는 타운 홀 건물 1층에 있었다. 사무실 하나가 전부인 그곳에서, 맞벌이 부모를 둔 몇몇 아이들이 방과 후의 시간을 때우곤 했다. 게임을 하거나 어울려 놀면서.

"우리는 거기 못 가요."

엄마가 한숨을 푹 내쉬었다.

"그냥 엄마가 시키는 대로 해라, 조지나."

"하지만 엄마가 직접 등록해야 되는데……. 무작정 간다고 되는 게 아니라고요. 아마 돈도 내야 될걸요?"

하지만 엄마는 내 말을 무시해버렸다. 잠자코 동전을 세더니, 테이블 위에 탁 내려놓고는, 곧장 차로 뚜벅뚜벅 걸어갔다. 토비와 내가 그 뒤를 허둥지둥 따라나섰다.

그날 학교에서 나는 줄곧 윌리 생각에 사로잡혀 있었

다. 개를 훔치는 완벽한 방법에 대해서 말이다. 담임선생님이 교과서를 펼쳐 독립 전쟁에 관한 부분을 읽는 동안, 나는 가방에서 보라색 노트를 꺼내어 '개를 훔치는 완벽한 방법'에 관한 페이지를 펼쳤다. 노트에 적힌 내용을 읽으면서 지금까지 무슨 일을 했는지 점검해보았다. 대부분의 일이 꽤 순조로워 보였다. 단 하나, 개를 훔친 다음에 어디에 숨겨야 하는지만 빼고.

생각에 생각을 거듭하다가 어느 순간 갑자기, 전구에 불이 들어오듯 아이디어가 반짝 떠올랐다. 판자로 입구를 막아버린 낡은 집! 거기에 윌리를 숨기면 된다! 주방 뒤쪽으로 비좁은 베란다가 하나 있다. 사방팔방이 썩고 문드러졌지만, 개는 그런 것에는 신경도 안 쓸 것이다. 게다가 그 집은 위트모어 가에서 별로 멀지도 않다. 내가 걸어서도 문제없이 갈 만한 거리다. 나는 생각했다. 마침내, 저 멀리 밝은 미래가 보이기 시작하는구나.

점심시간. 루앤에게 학교 끝나고 토비와 함께 그 애의 집에 놀러가도 되냐고 물어보았다. 일부러 토비와 내가 와이엠씨에이에 가 있어야 한다는 말은 하지 않았다. 루앤이 곤란한 표정을 지었다.

"으음, 안 될 것 같은데."

"왜? 무슨 일 있어?"

루앤이 내 시선을 피하며 셔츠에 붙은 단추를 만지작거렸다.

"할 일이 좀 있어서……."

"무슨 할 일?"

그 애는 어깨를 움츠렸다.

"그냥, 엄마랑 뭐 좀 하기로 했어."

나는 포크로 스파게티 가락을 하염없이 뱅뱅 돌리면서 같은 테이블에 앉아 있는 아이들의 재잘거리는 소리를 들었다. 다 같이 영화를 봤는지, 걔들은 끝도 없이 수다를 늘어놓았다. 그런데 갑자기 루앤이 끼어들어 자기도 그 영화를 엄청 재밌게 봤다고 호들갑을 떨었다. 나는 아무 말 없이 스파게티 가락만 계속 돌렸다. 여기서 벗어나고 싶다는 생각만 점점 커졌다. 이대로 두둥실 날아올라 천장을 뚫고 새파란 하늘로 떠오를 수 있다면. 나는 여기에 어울리지 않는다. 이 애들과 함께일 수 없다. 나는 그 영화를 보지 못했다. 모두들 팔목에 하나씩 두른 팔찌도 나에겐 없다. 이 아이들이 쇼핑몰을 구경하며 팔찌 등을 사는 동안, 나는 월그린 할인 매장 화장실에서 내 속옷을 빨고 있었다.

여기서 내가 할 수 있는 일이라곤 자리를 지키고 앉아 스파게티 가락을 돌리면서 윌리를 생각하는 것뿐이었다.

학교가 끝난 후, 나는 토비를 데리고 타운 홀을 그대로 지나쳐 계속 걸었다.

"저긴 안 들어갈 거야. 넌 가고 싶으면 가. 어쨌든 난 안 가."

나는 타운 홀 1층을 턱으로 가리키면서 토비에게 말했다. 아이들이 뛰노는 소리와 공 튀기는 소리가 열린 창문 사이로 새어 나왔다.

토비는 세차게 고개를 가로저었다.

"그럼 나도 안 갈래."

나는 길가의 벤치에 가방을 내려놓고는 "이제 밧줄을 찾아야 돼"라고 토비에게 말했다.

"밧줄은 왜?"

"윌리 말이야. 기억 안 나?"

"아아."

그렇게 우리 둘은 길을 따라 걸으며 배수로와 쓰레기 수거함과 쓰레기통을 샅샅이 뒤졌다. 하지만 밧줄 비슷한 것도 눈에 띄지 않았다. 내가 거의 포기하려고 할 무렴, 토비가 소리쳤다.

"누나, 이리 와 봐. 있어, 있어!"

나는 당장 토비가 있는 곳으로 달려갔다. 녀석의 손에 두꺼운 끈으로 동여맨 신문지 묶음이 들려 있었다.

"좋았어! 잘했어, 토비!"

나는 손바닥을 높이 들어 토비와 하이파이브를 했다. 녀석의 표정에서 자랑스러움과 기쁨이 한가득 묻어났다. 나는 끈을 풀어 내 호주머니에 구겨 넣었다.

"이제 돌아가서 엄마를 기다리자."

날이 거의 어두워져서야 타운 홀로 털털거리며 다가오는 우리 차가 보였다. 자동차 뒤로 시커먼 연기가 길게 뿜어져 나왔다. 우리가 뒷좌석에 올라타자 엄마가 말했다.

"늦었지, 미안해."

"엄마, 엄마, 배고파 죽겠어요."

토비가 보채기 시작했다.

"알아, 우리 아가. 너희 주려고 치킨을 좀 싸 왔다."

토비는 앞좌석에 있는 비닐봉지를 뒤적이더니 기름이 좔좔 흐르는 치킨 한 조각을 꺼내 들었다. 나도 치킨 한 조각을 꺼내어 눅눅한 껍질을 벗겨냈다. 치킨 껍질은 봉지 안에 도로 던져 넣었다.

"엄마 직장 구했어."

엄마가 말했다.

"어딘데요?"

"철물점 건너편 커피숍."

엄마는 백미러로 자신의 얼굴을 훑어보았다. 내 눈에는 걱정을 한가득 담은 피곤에 절은 얼굴처럼 보였는데, 엄마 눈에도 그렇게 보였을지 궁금했다.

"그럼 뭐, 잘됐네요."

엄마가 캔에 든 탄산수를 벌컥벌컥 들이켰다. 그러면서 애써 경쾌하게 "그렇지?" 하고 대꾸하고는 차를 길가로 몰더니 끼익 하고 세웠다.

"왜 여기에 서요? 뭐 잘못됐어요?"

나는 내심 불안해져서 조심스럽게 물어보았다. 그러자 엄마가 고개를 흔들었다.

"아냐, 그냥 피곤해서……. 이 모든 게 다 피곤하구나."

갑자기 배 속이 뒤틀렸다. 치킨을 괜히 먹은 것 같았다. 그런데 엄마는 왜 저렇게 슬퍼 보일까? 자꾸만 불안했다. 엄마가 다 잘되어가는 것처럼 행동해주면 좋으련만.

그 후로는 우리 셋 다 침묵을 지켰다. 그냥 차 안에 가만히 앉아 있었다. 지금은 그 차가 우리 집이었다. 온갖 짐과 잡동사니들을 욱여넣은 좁은 집. 차 안에 느끼한 치킨 냄새가 감돌았다.

긴 침묵을 깬 건 엄마였다. 엄마는 탁, 소리가 나게 핸들을 잡더니 입을 열었다.

"아무튼. 이제부턴 너희들 학교가 끝나도 엄만 일하고 있을 거야. 그러니까 커피숍 쪽으로 와서 차 안에서 기다려, 알았지?"

나는 머릿속으로 개를 훔치기 위한 계획을 처음부터 끝까지 점검해보았다. 계획은 완벽했다. 엄마가 일하게 될 커피숍은 위트모어 가에서 별로 멀지 않다. 윌리를 붙잡아 낡은 집 뒷베란다에 숨긴 후, 나 혼자 자동차로 돌아오면 된다. 문제가 생길 까닭이 없었다. 나랑 토비가 얼마간 차 안에 없어도 엄마는 눈치채지 못할 것이다.

그날 밤, 나는 주머니에 손을 넣고 낮에 주운 끈을 만지작거리며 엄마가 토비의 숙제를 도와주는 걸 구경했다. 엄마와 토비는 계기판 위에 올려놓은 손전등 불빛 아래에 몸을 웅크린 채 숙제와 씨름했다. 두 사람이 움직일 때마다 천장에 드리운 그림자가 출렁출렁 춤을 췄다.

나는 노트를 꺼내어 '개를 훔치는 완벽한 방법' 페이지를 열었다. 4월 14일. 날짜를 적고, 그 옆에 이렇게 썼다.

제4단계: 아래 목록을 점검하면서 개를 훔칠 준비
가 끝났는지 확인한다.

1. 딱 알맞은 개를 찾았다고 확신하는가?

　　그렇다 ＿＿＿　　　아니다 ＿＿＿

2. 마당 대문을 열 수 있는가?

　　그렇다 ＿＿＿　　　아니다 ＿＿＿

3. 밧줄이나 끈을 갖고 있는가?

　　그렇다 ＿＿＿　　　아니다 ＿＿＿

4. 개를 숨길 만한 장소를 마련했는가?

　　그렇다 ＿＿＿　　　아니다 ＿＿＿

다시 한번 목록을 하나씩 읽어보면서 각 항목의 '그렇다'에 표시를 했다.

그리고 목록 아래에 문장 하나를 덧붙였다.

'모든 항목에 그렇다 표시를 할 수 있다면,
드디어 개를 훔칠 준비가 다 된 것이다.'

나는 연필 끝에 달린 지우개를 잘근잘근 씹다가 문장을 하나 더 추가했다.

하나 더: 개가 사는 집에 아무도 없을 때까지 기다
려야 한다.
꼭 기억할 것!
또 하나: 밧줄이나 끈이나 개 목걸이를 잊지 말고
챙길 것!

나는 페이지를 덮고 노트를 내 쓰레기봉투 안 깊숙한 곳에 밀어 넣었다. 마음속 어디에선가 양심이라는 게 나타나 '안 돼, 나쁜 짓이야'라고 자꾸만 속삭였지만, 나는 그것 역시 마음 안쪽 깊숙한 곳에 밀어 넣어버렸다.
의심이 끼어들 틈이 없었다. 나는 정말로, 진짜로, 개를 훔칠 것이다.

"쉬이잇." 손가락을 입술에 대고 토비에게 내 뒤만 따라오라고 손짓했다. 우리는 커다란 벽돌집을 둘러싼 울타리를 따라 발소리를 죽이며 걸었다. 대문 앞에 도착한 나는 거리를 휙 둘러본 후 토비에게 속삭였다.

　"넌 망을 봐. 누가 보이거나 차가 오거나 뭐라도 나타나면 무조건 휘파람을 불어. 아침에 휘파람 부는 법 가르쳐줬지? 그대로만 하면 돼, 알았지?"

　토비는 고개를 끄덕거렸다.

　나는 대문 안을 살펴보았다. 현관문은 닫혀 있었다. 대문에서 차고까지 이어진 진입로도 살펴봤다. 차도 없었다. 앞뜰은 텅 비어 있었고 아주 고요했다.

"윌리? 여기야, 윌리."

나는 더없이 달콤한 목소리로 윌리를 불러보았다. 아무런 반응이 없었다. 아마도 집 안에 있는 모양이었다. 현관 베란다까지 몰래 다가가야 하는 걸까? 하지만 그건 위험할 것 같았다. 혹시 집 안에 누군가가 있다면, 틀림없이 날 발견하고 말 터였다.

"휘파람을 한번 불어봐."

토비가 소곤거렸다.

"그럴까?"

나는 휘익~ 하고 휘파람을 불고는 대답을 기다렸다. 과연 현관 아래 조그만 개구멍으로 윌리가 머리를 쑤욱 내밀었다. 녀석은 날 보자마자 문을 박차고 뛰어나와 대문으로 날듯이 달려왔다.

"안녕, 윌리."

나는 작은 목소리로 인사를 건네고 대문 틈으로 손을 넣어 녀석을 쓰다듬었다.

윌리는 뒷다리로 서서 앞발을 대문에 척 걸쳤다. 꼬리를 어찌나 세게 흔드는지 몸 전체가 다 흔들렸다. 녀석은 내 손이 맛있는 티본 스테이크라도 되는 양 열심히 핥아댔다.

"우리랑 같이 갈래?"

나는 녀석을 유혹하기 시작했다. 녀석은 고개를 빳빳이 들고 나를 물끄러미 쳐다보았다. 그러고는, 고개를 끄덕했다. 정말이다. 맹세할 수도 있다. 녀석이 말을 할 줄알았다면, 분명히 이렇게 말했을 것이다.

"까짓것, 그러죠 뭐. 나도 누나랑 같이 가고 싶어요."

그래서 나는 있는 힘을 다해 재빨리 빗장을 들어올리고 내 팔이 윌리에게 닿을 만큼만 대문을 열었다. 심장이 너무도 세게 뛰는 바람에 정말로 내 귀에 쿠궁, 쿠궁, 쿠궁 하는 소리가 들렸다. 하지만 나는 알고 있었다. 계속 움직이지 않으면 생각이 머릿속에 꽉 들어찰 것이고, 그렇게 되면 이러면 안 된다는 생각을 할 수밖에 없을 것이다. 그래서 나는 모든 생각을 접고 윌리의 목덜미를 움켜쥐었다. 녀석을 대문 밖으로 끌어낼 때까지 윌리는 꼬리를 흔들어대며 반짝이는 까만 두 눈으로 나를 바라보고 있었다. 나는 주머니에서 끈을 꺼내어 녀석의 벼룩 약 목걸이에 단단히 동여맸다.

"다 됐어, 가자."

나는 토비에게 이르고는 냅다 뛰기 시작했다. 위트모어

가를 따라 모퉁이를 돌고, 숲속으로 들어갔다. 윌리도 내 옆을 따라 열심히 뛰어왔다. 때때로 나를 향해 펄쩍 뛰거나 내 발목을 살짝살짝 깨물기도 하는 게, 지금 세상에서 가장 재미난 게임이라도 하는 줄 아는 모양이었다. 심지어 가끔씩 낮게 왈왈 짖기도 했다.

아무도 우릴 볼 수 없는 꽤 깊숙한 곳까지 도달한 후에야 나는 달리기를 멈추고 숨을 골랐다. 나는 미친 듯이 쿵쾅대는 가슴에 손을 얹고 나무 기둥에 몸을 기댔다. 토비도 숨이 턱에 닿도록 나를 따라 달려와 옆에 멈추어 섰다.

"우와, 해냈어!"

녀석이 신이 나서 소리를 질렀다. 나는 서둘러 토비의 입을 막았다.

"쉬잇! 누가 들을지도 몰라. 암말 말고 가만히 있어."

윌리는 혀를 길게 빼문 채 헐떡거리며 우리 앞에 얌전히 앉았다. 녀석의 꼬리가 바닥을 쓸며 샥, 샥, 샥 하는 소리를 냈다.

나는 무릎을 꿇고 앉아 윌리의 등을 부드럽게 쓰다듬어주었다. 녀석은 가만히 눈을 감고 나한테 몸을 기댔다.

"괜찮아, 친구야. 무서워할 거 없어. 나랑 토비는 아주 착한 사람들이야."

녀석이 뒷다리로 귀 뒤쪽을 긁었다. 녀석의 목걸이에 매달린 이름표가 짤랑짤랑 하고 흔들거렸다.

"이제 뭐 하면 돼?"

토비가 물었다.

"월리를 저 집으로 데리고 가서 뒷베란다에 묶어둘 거야."

"얘가 저기서 지내는 걸 싫어하면 어떡해?"

"아주 잠깐만 지낼 건데, 뭐. 이 녀석 주인이 사례금 전단지를 붙이면, 바로 집으로 돌려보낼 거야."

"아, 그렇구나."

토비도 무릎을 꿇고 월리의 머리를 문질렀다.

"그런데 주인이 전단지를 안 붙이면?"

나는 토비에게 꽁, 하고 꿀밤을 먹였다.

"날 믿어. 그 아줌마는 무엇보다도 월리가 돌아오기를 간절히 바랄 거야. 틀림없이 금방 사례금 전단지를 만들 걸?"

내 목소리는 침착하고 확신에 차 있었지만, 마음 깊숙한 곳에서는 이 상황에 어울리지 않는 기분이 꿈틀대고 있었다. 정말 나쁜 짓을 저지르고 말았다는 찜찜한 느낌. 나는 숨을 깊이깊이 들이마신 후, 푸우우우 하고 내쉬었다. 찜찜한 기분을 다시 배 속 깊이 삼켜버리고 더 이상 커지지 못하게 하기 위해서.

나는 윌리의 목에서 벼룩 약 목걸이는 그대로 두고 이름표가 달린 초록색 스카프만 풀어서 덤불 속으로 내던졌다. 꿈틀, 꿈틀, 또 그 느낌이었다. 나한테 뭔가 말하고 싶어서 안달이 난 듯, 안에서 그것이 계속 꿈틀거렸다.

"스카프는 왜 버려?"

나는 눈을 부라리며 토비를 돌아보았다.

"왜 버렸겠나?"

토비는 눈썹을 잔뜩 찡그리고는 윗입술을 잘근잘근 씹었다.

"이젠 필요 없으니까?"

휴우, 한숨만 나왔다.

"아니. 생각을 좀 해라, 이 바보야. 스카프가 있는 상태로는 주인한테 못 돌려줄 거 아냐. 이름표에 전화번호까지 있는데 왜 전화를 안했는지 의심할 테니까."

"오오."

녀석은 고개를 끄덕였지만, 확실히 이해한 것 같진 않았다. 단언하건대, 가끔씩 이 녀석은 돌멩이보다 더 멍청해질 때가 있다.

"이리 와."

나는 토비에게 따라오라고 손짓을 했다. 일단 낡은 집으로 간 다음 그곳 뒤쪽의 숲을 통과해 위트모어 가로 돌아갈 작정이었다. 얼마 동안 걷고 있으려니 앞쪽에서 고속도로를 내달리는 차들의 소리가 들렸다. 확실히 방향을 맞게 잡은 것 같았다.

윌리는 행복한 표정으로 내 옆을 졸졸 따라왔다. 가끔은 걸음을 멈추고 땅바닥에 코를 박은 채 킁킁댔다. 썩은 나뭇잎을 헤치고 나무뿌리 냄새를 맡기도 했다. 한 번은 공연히 땅을 파면서 흙이며 나뭇잎이며 잔가지들을 뒷다리 사이로 날려 보내는 통에, 토비와 함께 배꼽이 빠져라 깔깔거렸다. 윌리, 유머 감각도 탁월한 멋진 녀석.

마침내 고속도로가 눈앞에 보였다. 나는 신속하게 길가에 난 덤불 위로 납작하게 엎드렸다.

그리고 윌리의 벼룩 약 목걸이에 연결된 끈을 토비에게 건넸다.

"이거 받아. 누나는 차가 오는지 살펴볼 테니까, 넌 그동안 이거 꼭 잡고 있어. 알았지?"

나는 도로 양쪽을 다 둘러봤다. 차는 코빼기도 보이지 않았다. 안심하고 돌아왔더니, 토비가 윌리를 품에 꼭 껴

안고 앉아 있었다. 나는 토비에게 마지막 지시를 내렸다.

"좋아, 이제 잘 들어. 우리는 고속도로를 가로질러 뛰어가야 돼. 그다음에는 건너편에 있는 빈 주차장을 지나가고. 그 옆으로 숲속을 조금만 더 헤치고 들어가면 그 오래된 집이 있을 거야."

녀석은 결의에 찬 표정으로 고개를 끄덕거렸다.

나는 끈을 돌려받은 다음 고속도로를 향해 돌진했다. 월리도 내 옆에서 껑충껑충 따라 뛰었다. 우리는 그 집으로 이어지는 자갈길 끝에 도달할 때까지 쉬지 않고 내달렸다. 월리는 내내 이리저리 날뛰고 컹컹컹 짖고 나한테 뛰어오르고, 아무튼 아주 신이 났다. 몇 번은 입으로 끈을 잡아채더니 휙 잡아당기기도 했다.

낡은 집 앞에 도착하자, 월리는 두 귀를 쫑긋 세우고 날 바라봤다.

"자 다 왔어, 친구야."

나는 녀석의 머리를 부드럽게 긁어주며 말했다.

월리는 판자가 붙은, 무너져가는 집을 한 번 보고는 다시 나를 올려다봤다. 녀석이 무슨 생각을 하는지 알 것 같았다. 나는 녀석을 다독였다.

"괜찮아, 월리. 여기서 그리 오래 있진 않을 거야. 누나가 약속할게."

녀석은 고개를 빳빳이 들고 특유의 귀여운 모습을 내보였다. 녀석이 무슨 마법을 부리는지는 알 수 없지만, 누구라도 이 앙증맞은 개를 보자마자 사랑에 빠지고 말 게 분명했다. 나는 흙바닥에 주저앉아서 윌리를 꼭 끌어안았다. 녀석은 곧바로 내 무릎 위로 기어오르더니 내 얼굴을 마구 핥기 시작했다. 이상하게도 녀석이 핥으면 다른 개들이 그럴 때와 달리 별로 미끈거리지도 않고 기분이 나쁘지도 않았다.

"여긴 유령이 나올 것 같아."

토비가 주위를 둘러보며 특유의 앵앵거리는 소리를 냈다. 내가 빨리 뭔가를 하지 않으면, 금방이라도 갓난아기 모드로 들어가 울음을 터뜨리거나 징징거릴 태세였다.

재빨리 녀석에게 임무를 주었다.

"뒷베란다로 가는 길을 만들어볼 테니까, 네가 윌리를 보고 있어."

나는 끈적끈적한 덤불과 덩굴을 밀치고 가지를 똑똑 부러뜨렸다. 손에 닿는 건 다 밑으로 눌러 꼭꼭 밟아 다졌다. 그러고 나자 마침내 집 뒤쪽으로 향하는 길이 만들어졌다. 그곳은 굉장히 음침해 보였다. 빽빽이 들어선 나무들 때문에 하늘이 한 뼘도 안 보일 정도였다.

자그마한 베란다가 집 뒤쪽에 간신히 붙어 있었다. 지금 당장 무너져 내린다 해도 전혀 이상할 것 같지 않았다. 계단과 베란다를 이루는 나무들도 거의 다 썩어버린 것 같았다. 베란다로 올라가는 나무 계단은 군데군데 틈이 많이 벌어져 있었다. 그나마 한 칸은 완전히 부서져 구멍이 휑하니 뚫려 있었다. 주방과 이어지는 방충망 문은 경첩 하나에 의존해 대롱대롱 매달려 있었다.

"토비, 이리 와."

토비와 윌리가 집 모퉁이를 돌아 모습을 드러냈다. 토비는 뒷베란다를 보자 그 자리에 굳은 듯 서버렸다.

"말도 안 돼, 누나. 저기에 윌리를 혼자 둘 수는 없어."

나는 토비를 타이르기 시작했다.

"야, 내 말 들어봐. 여기보다 더 좋은 장소는 없어. 아무도 윌리를 못 볼 거야. 비가 온다고 젖을 염려도 없고. 게다가 오래 있을 것도 아니잖아."

나는 토비의 얼굴을 살폈지만, 내 말은 씨알도 안 먹힌 것 같았다. 그래서 "학교 끝나면 우리 둘이 여기 와서 같이 있어줄 거고"라고 덧붙였다.

토비는 두 눈에 그렁그렁 맺힌 눈물을 주먹으로 쓱 닦

더니, 나를 노려보며 말했다.

"누나 진짜 못됐다."

이런 제기랄. 꼭 지금 그 말을 내뱉어야 해? 절대로 듣고 싶지 않은 말이었는데. 왜냐하면, 나 자신도 지금 딱 그런 기분이었기 때문이다. 맙소사, 난 정말 못됐다.

"토비, 똑똑히 들어."

나는 녀석의 어깨 위에 두 손을 얹고 녀석의 두 눈을 정면으로 쏘아보았다.

"넌 차 안에서 사는 게 지겹지도 않아?"

토비는 고개를 떨구고 보일 듯 말 듯 하게 끄덕였다.

"진짜 집에서 살고 싶지 않아? 벽이랑 침대랑 침실이랑, 모든 게 다 있는 데서?"

또 끄덕끄덕.

"그렇담 엄마가 돈을 모으는 데 우리가 보탬이 돼야 해. 그리고 이건 내가 생각해낼 수 있는 유일한 방법이야. 뭐 다른 방법 아는 거 있어?"

나는 허리를 굽혀 토비와 눈을 마주치려 했지만, 녀석은 고개를 푹 숙인 채 자기 발끝만 쳐다보고 있었다. 내 눈과 마주친 건 덥수룩하게 자라 추레하게 뻗친, 녀석의 꼬질꼬질한 머리카락뿐이었다.

"그러니까 이럴 수밖에 없는 거야. 우리 둘이 윌리를 잘 돌봐주다가, 가능한 한 빨리 집으로 돌려보내주는 거야. 그럼 우린 사례금을 받고 모든 일이 다 잘 풀릴 거라고."

나는 토비의 어깨를 잡고 흔들었다.

"알아들었어?"

하지만 토비는 내 말을 믿지 않았다. 느낌으로 알 수 있었다. 나도 내 자신을 믿을 수 없었으니까. 아까부터 꿈틀대는 그 느낌이 점점 크게 자라나기 시작했고, 머릿속에선 어쩌면 내가 일을 다 망치고 있는지 모르겠다는 생각이 떠나질 않았다. 그리고 조금씩 후회가 되기 시작했다. 한 시간 전으로 돌아갈 수 있으면 좋겠다는 생각. 하루 전, 혹은 일주일 전으로 돌아갈 수만 있다면. 하지만 시간을 되돌릴 수는 없는 노릇이었다. 지금 나는 이 소름끼치는 낡은 집 뒤에 서 있다. 아무것도 모른 채 나를 말똥말똥 쳐다보는 이 귀엽고 앙증맞은 개와 함께. 이제 내 계획이 더할 나위 없이 훌륭하다는 사실을 증명해내는 건 순전히 내 몫이었다.

나는 토비에게서 개 목걸이 끈을 빼앗아 윌리를 데리고 삐걱거리는 계단을 올랐다.

"여기, 그렇게 나쁘진 않은데?"

나는 베란다에 서서 토비를 향해 명랑하게 말했다.

예전에는 베란다 위쪽 절반이 방수막으로 덮여 있었던 것 같은데, 지금은 너덜너덜한 누더기만 녹슨 기둥에 매달려 있었다. 바람에 날려 온 나뭇잎과 솔잎이 베란다 바닥에 한가득 쌓여 있었다. 게다가 네 귀퉁이는 축축한 곰팡이들 천지였다.

나는 조금이라도 깨끗한 공간을 만들어볼까 싶어서 잎사귀 더미를 손으로 쓸어냈다. 그런 다음 무릎을 꿇고 두 손으로 윌리의 머리를 감싸 안았다.

"무서워하지 마, 알았지? 진짜로 금방 돌아올게. 아무 일 없을 테니 안심하렴."

나는 내 코를 윌리의 코에 마주대고 부비적거렸다. 에스키모식 인사.

윌리는 내 손에 두 뺨을 맡긴 채 나를 가만히 올려다보았다. 그 눈빛은, 내 말은 무엇이든 다 믿는다고 말하는 듯했다.

"얘가 배고파지면 어떡해?"

토비가 계단 아래에서 소리쳤다.

배고파진다고? 이런, 그 생각은 해보지 않았다! '개를 훔치는 완벽한 방법'에서 내가 놓친 것을 토비 녀석이 생각해내다니, 젠장, 젠장, 젠장.

"안 들려? 윌리가 배고파지면 어떡하느냐고?"

토비가 목소리를 더 높였다.

"다 생각해둔 게 있어."

나는 거짓말을 했다. 머릿속은 윌리에게 무엇을 어떻게 먹일지에 대한 아이디어를 짜내느라 몹시 분주했다. 내가 매일 여기에 올 수 없게 되면 어떻게 하지? 개가 아무것도 안 먹고 얼마나 버틸 수 있을까?

"물은?"

토비가 갑자기 똑똑해진 모양이었다.

"누나도 알겠지만, 개한텐 물이 필요해. 물이 없으면 윌리가 죽어버릴지도 몰라."

"시끄러워, 토비."

이 말밖에는 달리 떠오르는 말이 없었다. 어쨌든 효과는 있었다. 토비가 입을 꾹 다물어버린 것이다. 하지만 그렇다고 내 기분이 나아지지도 않았다.

나는 끈을 문손잡이에 묶고는 윌리에게 작별 인사를 했다. 그런 다음 잡초와 찔레 덤불을 헤치면서 왔던 길로 되돌아갔다.

걷는 동안 토비가 말을 붙이지 않아서 다행이었다. 생각할 게 너무 많았기 때문이다. 윌리에게 먹일 음식과 물에 대해. 또 내가 이미 저질러버린 짓에 대해. 그리고 내가 앞으로 저지르게 될 짓에 대해. 온갖 생각들이 엉망으로 뒤엉켜 도무지 정리가 되지 않았다. 게다가 배 속에서 조금씩 꿈틀대던 그 느낌은 이제 아예 머릿속을 아프게 쥐어짜기 시작했다.

"애들아, 엄마 왔다."

엄마가 주차장을 가로질러 차를 향해 다가오고 있었다.

"엄마가 뭘 좀 가져왔지. 열어보렴."

나는 엄마가 차창 너머로 건넨 스티로폼 상자를 열어 보았다. 스크램블드에그와 팬케이크였다. 맛있는 냄새가 솔솔 풍겨 왔다.

"또 있지롱."

엄마는 장난기 가득한 표정으로 뒷좌석으로 종이봉투를 휙 던졌다.

토비가 봉투를 잡아챘다. 그러더니 봉투를 열자마자

환호성을 질렀다.

"우왓, 도넛이다!"

녀석은 하얀 가루가 뒤덮인 도넛을 허겁지겁 베어 물다가 콜록콜록 기침을 했다. 녀석의 입에서 새하얀 슈거파우더와 도넛 부스러기가 뿜어져 나와 사방팔방으로 흩어졌다.

"으으, 더러워."

나는 청바지를 탁탁 털며 투덜거렸다.

엄마는 미끄러지듯 운전석으로 들어와 백미러로 자기 얼굴을 요리조리 뜯어보았다. "이번 일은 꽤 괜찮은 것 같아"라고 말하면서. 엄마는 손가락에 침을 묻혀 눈썹을 문질렀다.

"팁이 엄청 후한 데다, 별의별 음식을 다 가져올 수 있거든."

음식이라고? 와아, 이런 행운이 굴러 들어오다니! 이제 월리 먹이 걱정은 할 필요가 없게 되었다. 나는 토비의 옆구리를 쿡 찌르고 엄지손가락을 번쩍 들어 보였다. 녀석은 눈썹을 추켜세우며 영문을 모르겠다는 듯 "뭐?"라고 퉁명스레 대꾸했다.

나는 손을 내저었다. '모르면 됐다'는 뜻이었다. 하지만 그런다고 물러설 녀석이 아니었다. 오히려 나에게 고개를 들이밀며 "뭔데?" 하고 속삭였다.

나는 설레설레 고개를 흔들고는 손가락 두 개를 입에 대고 지퍼 잠그는 시늉을 했다. 말하자면 이런 뜻이었다. '조용히 해. 엄마 앞에서는 말할 수 없단 말이야.' 하지만 이 눈치 없는 멍청이가 그런 신호를 알아챌 리 없었다.

"아이, 뭐냐고~."

녀석의 목소리가 조금 커졌다.

"방금 뭐라고 했니?"

나는 토비의 발을 지그시 밟고 백미러를 통해 엄마한테 미소를 지어 보였다.

"암말 안 했는데."

나는 등받이에 몸을 기댄 채 팬케이크를 먹었다. 시럽에 푹 절어 있음에도 불구하고 그렇게 맛있을 수가 없었다. 팬케이크를 다 먹은 다음에, 노트를 꺼내어 이렇게 썼다. '월리한테 갖다 주게 도넛 좀 남겨 놔.' 나는 그 페이지를 옆 좌석으로 살짝 밀어 넣고 또 한 번 토비를 쿡 찔렀다.

날 돌아보려던 녀석의 시선이 힐끗 노트로 향했다. 잠시 후 녀석의 얼굴에 미소가 번졌다.

"오오오, 알았어!"

"뭐라고?"

백미러 속 엄마가 다시 물었다. 나는 발뒤꿈치로 멍청이의 발을 콱 밟았다.

"아으윽!"

녀석의 외마디 신음 소리.

결국 엄마가 몸을 돌리고야 말았다.

"뭐 하는 거야, 둘 다?"

나는 손바닥으로 노트를 가리고 엄마에게 순진무구한 미소를 지어 보였다.

"암것도 아니에요."

"아니긴, 또 뒤에서 투닥거리던데."

하지만 엄마는 별로 신경 쓰는 것 같지 않았다. 곧바로 "차를 세워둘 곳을 찾아야겠구나"라고 중얼거린 것을 보면 말이다.

나는 토비를 째려보았다. 개를 데려온 지 하루도 채 지나지 않았는데, 이 멍청이는 벌써부터 엄마한테 들킬 준비를 하고 있었다. 오늘 우리가 한 짓을 엄마가 알아채지 못하는 게 오히려 기적일지도 몰랐다.

하지만, 어쨌든 아직까지는 모든 일이 순조롭게 풀리고

있었다. 나는 윌리를 무사히 훔쳤다. 녀석을 숨길 장소도 마련했다. 엄마가 커피숍에서 일하면서 공짜 음식도 얻게 됐다. 이제 남은 일은 윌리 몫의 음식을 몰래 내 가방에 챙겨 넣는 일뿐이었다.

나는 노트를 무릎 위에 올려놓고 '개를 훔치는 완벽한 방법' 페이지에 '4월 18일'이라고 적었다. 그 밑에는 이렇게 써 내려갔다.

제5단계: 개를 훔친 다음에 해야 할 일들

1. 개가 무서워하지 않게 잘 돌보고 아껴준다.

2. 개가 나를 좋아하도록 잘 놀아준다.

3. 비가 내려도 젖지 않는 안전한 장소에 두어야
   한다.

4. 개가 도망가지 못하게 끈이나 밧줄로 묶어둔다.

5. 개에게 음식과 물을 준다.

어, 이런. 물이 있었구나. 그걸 까먹고 있었네. 그렇지만 물이 없다고 그리 큰 문제가 생길 것 같지는 않았다. 그래도 5번 항목 옆에 물음표 표시를 해두었다. 잊지 않고 방법을 찾기 위해서 말이다.

그날 밤은 도무지 잠이 오지 않았다. 빗방울이 불규칙하게 차 지붕을 때렸고, 빗줄기가 차창을 따라 주르륵 흘러내렸다. 차 안이 너무 더워서 차창을 조금 열었더니 금세 빗방울이 얼굴을 때리고 베개를 적셨다. 엄마와 토비는 쌔근쌔근 잘만 잤다. 나는 둘의 숨소리를 들으며 월리를 생각했다. 비 때문에 겁을 집어먹었으면 어떡하지? 고개를 빳빳이 들고 온몸을 흔들어대는 녀석의 모습이 눈앞에 선했다.

"월리, 무서워하지 마."

나는 고요한 밤공기에 대고 나지막이 속삭였다.

차창에 김이 잔뜩 서려 있어서 밖이 전혀 보이지 않았다. 나는 차창에 손가락으로 '월리'라고 써봤다. 큰 하트로 그 글씨를 감싼 다음, 손바닥으로 쓱싹쓱싹 지워버렸다. 그리고 다른 생각도 모두 지워버렸다.

다음 날 아침, 반짝 눈이 떠졌다. 크리스마스 아침처럼 설렌 흥분이 밀려왔다. 오늘은, 월리를 찾는 사례금 전단지가 붙는 역사적인 날이다!

엄마가 아이스박스에서 꺼낸 물로 양치질을 하라고 말하고 차 안에서 립스틱을 바르고 치장을 하는 동안, 나는 빈 페트병에 물을 채워 가방에 집어넣었다. 그리고 가방 안에 미리 넣어둔 윌리를 위한 음식들을 다시 확인했다. 도넛 반 개와 약간의 스크램블드에그가 얌전히 놓여 있었다.

나는 토비를 가까이 끌어당겨 귓속말을 했다.

"오늘은 사례금 전단지를 찾으러 다닐 거야. 오케이?"

"오케이."

자동차를 타고 다비 거리를 지나 학교로 가는 동안, 내 얼굴은 내내 싱글벙글이었다. 새어 나오는 웃음을 막을 수가 없었다. 차창에 얼굴을 바짝 댄 채 눈을 부릅뜨고 지나치는 공중전화 박스마다 새로 붙은 전단지가 없는지 살펴보았다.

그러나 학교와 점점 가까워질수록, 흥분이 가라앉고 실망이 점점 커졌다. 전단지를 붙이기엔 시간이 너무 짧았나? 개가 사라지고 겨우 하루 지났을 뿐이니까. 하지만 마음 같아선 모든 전화박스와 모든 가로등 기둥에 전단지가 붙어 있어야 했다. 다비 거리 전체가 전단지로 도배돼 있어야 했다. 큰 글씨로 적힌 '사례금'이라는 글자. 고개를 쳐들고 까만 털 안대 사이로 세상을 바라보는 윌리의 사진. 그 모든 게 눈길 닿는 곳마다 있어야 했다.

그러나 그날 아침 차창 밖으로 보이는 풍경은 내 마음 속 풍경과 전혀 달랐다. 전단지라고는 눈을 씻고 찾아도 보이지 않았다. 단 하나도 없었다. 그 어느 곳에도 없었다. 나는 부풀어오는 실망감을 애써 누르고 인내심을 갖자고 스스로를 타일렀다. 방과 후에는 전단지가 붙어 있을 거야, 분명히.

"둘 다 학교 끝나면 곧장 차로 돌아와야 된다, 알았지?"

엄마가 길가에 차를 세우며 말했다.

"알았어요."

"그리고 차에서 꼼짝 말고 기다려야 해, 조지나."

"알았다니까."

"참, 토비 숙제 좀 도와주렴."

나는 고개를 끄덕였고, 엄마는 차를 몰고 사라졌다. 나는 토비의 팔을 붙잡고 다그쳤다.

"뭐 발견한 거 있어? 전단지 말이야."

"아니."

"젠장."

나는 발을 쾅 굴렀다.

"그 아줌마, 사실은 윌리한테 별 관심 없는 거 아냐?"

나는 머리를 절레절레 흔들었다.

"말도 안 돼. 얼마나 관심이 많은데. 너도 봤잖아. 개한 테 관심 없는 사람이 그럴 리가 있어?"

토비는 그저 어깨를 으쓱할 뿐이었다.

"어쩌면 그 아줌마, 돈이 없는지도 모르지."

"야, 그 아줌마가 위트모어 가 전체를 갖고 있어."

나는 힘주어 말했다.

학교 버스가 멈추어 섰다. 아이들이 일제히 쏟아져 나와 학교 정문으로 우르르 몰려갔다. 나와 토비도 아이들 물결에 휩쓸려 학교 안으로 들어갔다.

"잘 들어, 토비. 학교 끝나고 국기 게양대에서 만나자. 윌리한테 음식 갖다줘야지. 그다음에는 사례금 전단지를 찾아봐야 하고. 오늘 오후쯤이면 분명히 전단지가 붙어 있을 거야."

"엄마가 차 안에서 꼼짝 말랬잖아."

나는 눈을 부릅뜨고 토비를 쏘아보았다.

"엄마는 우리가 뭘 하는지 모를 거야. 커피숍 안에 계실 테니까."

토비는 내게서 떨어져 자기 교실 쪽으로 갔다. 나는 그 모습을 물끄러미 바라보았다. 녀석의 옷은 주름투성이였고, 머리카락도 길게 자라 지저분하게 엉켜 있었다. 누가 봐도 불쌍한 몰골이었다. 문득 나도 남들한테 그렇게 보이는지 궁금해졌다.

담임선생님은 편지를 부모님에게 전했느냐고 나에게 백만 번쯤 물으셨고, 나 역시 백만 번쯤 거짓말을 했다. 네, 전해드리긴 했는데요, 엄마 아빠가 진짜로 엄청 바쁘시거든요. 조만간 아빠가 선생님께 전화 드린다고 하셨어요. '그래, 이거야.' 꽤 훌륭한 거짓말이라고, 나는 생각했다.

하지만 담임선생님에게 거짓말을 할수록 마음이 불편해졌다. 화이트 선생님은 내 인생 최고의 선생님이다. 내가 닭튀김 기름이 묻어 있는 과학 보고서를 그대로 제출했을 때도 화를 내지 않으셨다. '보스턴 차 사건'에 대한 연극을 할 때 우리 반에서 유일하게 나만 의상을 챙겨 입지 않았는데도, 선생님은 단 한 마디도 나무라지 않으셨다. 그리고 내가 눈곱만큼도 아프지 않다는 걸 알면서도 양호실에 보내주셨다.

그러나 편지에 대한 문제만큼은 나도 어쩔 수가 없었다. 거짓말이 아니면, 뭐라고 대답할 수 있겠는가?

루앤은 하루 종일 나와 단 한 마디도 섞지 않으려 한다. 나는 어제 입었던 옷을 그대로 입고 있었다. 그날 아침, 내가 교실에 들어서자 그 애가 슬며시 얼굴을 찡그렸던 것 같다. 휴식 시간, 리자가 루앤을 쿡 찌르더니 날 손가락으로 슬쩍 가리킨 것도 같다. 내가 지나갈 때마다, 애들이 내 이름을 들먹이며 킥킥대고 쑥덕쑥덕하는 걸 들은 것도 같다.

'흥, 누가 신경이나 쓴대?' 정말이었다. 나는 그 애들에게 관심을 끈 지 오래였다. 심지어 루앤도 관심 대상에서 지워버렸다. 요즈음의 나는, 차 안에서 살게 되기 전까지는 상상도 못 했을 일들을 아무렇지도 않게 해치우곤 했다. 그것 때문에 아이들이 서로의 옆구리를 쿡쿡 찌르며 나를 비웃는 것일 테지. 가령, 나는 멜리사 개빈이 반쯤 먹다 버린 그래놀라 바를 쓰레기통에서 꺼내 월리용 음식 봉지에 담았다. 제이크 샘슨이 나더러 거지라고 놀렸지만, 나는 입을 꾹 다물고 아무렇지도 않은 척 내 자리로 돌아와 앉았다.

학교 일과가 끝난 후 나는 깃대 아래에서 토비를 기다렸다. 우리는 함께 월리를 보러 낡은 집으로 향했다. 토비가 가방이 너무 무겁다는 둥 발이 너무 아프다는 둥 내내 징징거렸지만, 나는 간단히 무시해버렸다.

길옆에 플라스틱 마가린 통이 있기에 주워서 셔츠 끝자락으로 먼지를 닦아냈다.

"이건 윌리 물통으로 써야겠다."

나는 마가린 통도 가방에 쑤셔 넣었다.

토비는 자갈길을 걸어가는 동안 계속 "천천히 좀 가"라며 보챘다. 그러더니 부주의하게 진흙탕을 탁 밟아버렸다. 신발이 흠뻑 젖고 진흙이 다리에까지 튀었는데 딱히 신경 쓰지도 않았다.

어쨌든 나는 속도를 늦추지 않았다. 조금이라도 빨리 윌리한테 가고 싶었다. 보고 싶어서 죽을 지경이었다. 윌리가 안전하게 있는 모습을 두 눈으로 봐야 직성이 풀릴 것 같았다.

집 모퉁이를 돌자, 뒷베란다에서 조그맣게 끙끙거리는 소리가 들렸다. 잠시 후 방충망 사이로 비죽이 내민 윌리의 머리가 보였다. 어찌나 반가운지, 심장이 가슴 밖으로 튀어나올 지경이었다.

녀석은 나를 보자마자 온몸이 다 흔들릴 정도로 꼬리를 마구 흔들어댔다. 세상에서 가장 행복한 개의 모습이었다.

"잘 있었니, 친구야."

나는 베란다 계단을 한달음에 뛰어 올라가 윌리를 힘껏 끌어안았다. 녀석은 내 얼굴을 구석구석 정신없이 핥았다. "배고프지?"라고 물어보며 가방을 여는데, 음식을 꺼내기도 전에 녀석이 털북숭이 코를 가방 안으로 꾸역꾸역 들이밀었다.

"여기 있어."

나는 가방 속에서 음식을 꺼내 주었다. 윌리는 걸신들린 듯 계란과 도넛 등등을 먹었다.

"배가 많이 고팠나 봐."

토비가 말했다. 나는 윌리의 등을 계속 손으로 문질러 주었다. 녀석은 약간 젖어 있었고 좀 고약한 냄새가 났지만, 전체적으로는 괜찮아 보였다. 나는 물이 든 탄산수 병을 열고 마가린 통에 물을 조금 부었다.

윌리는 금세 마가린 통에 달려들어 할짝할짝 물을 마셨다.

"좀 뛰어놀게 해줘야 할까 봐."

"하지만 도망가면 어떡해?"

"그러니까 줄을 잘 잡고 있어야지, 멍청아."

나는 문손잡이에 매어둔 끈을 풀었다.

"가자, 윌리."

토비와 나는 돌아가며 윌리와 함께 집 주위를 뛰어다녔다. 윌리는 진흙탕도 아랑곳 않고 뛰었다. 가끔씩 멈춰서서 온몸을 푸르르 터는 통에 우리 몸에도 온통 진흙이 튀었다. 녀석은 웅덩이 물을 양껏 마시기도 했다. 하지만 대부분은 그냥 사방팔방으로 뛰어다니면서 팔짝팔짝 뛰고 행복하게 왈왈 짖었다. 녀석을 쫓아다니려면 우리 둘다 사력을 다해서 뛰어야 했다. 안 그러면 녀석이 끈을 끊어버릴 수도 있었다.

"그만, 그만하면 충분해."

나는 숨을 몰아쉬었다. 윌리도 혀를 빼물고 헉헉대며 내 앞에 얌전히 앉았다. 녀석은 두 눈을 반짝이며 나를 올려다보았다. 뭔가를 바라는 듯한 눈빛이었다. 나는 무릎을 꿇고 녀석의 귀 뒤쪽을 살살 긁어주었다.

"아무 걱정 하지 마. 금방 집으로 돌아갈 수 있을 거야."

내가 다정하게 말하자 녀석의 거친 숨소리가 잦아들고 두 귀가 쫑긋 섰다. 녀석은 앞발을 내 무릎 위에 올려놓았다. 그 모습을 보고 토비가 속삭였다.

"이 녀석, 정말 귀엽다. 그치?"

"어, 정말로."

나는 윌리의 앞발을 톡톡 두드렸다. 마음 한구석이 찌르르 아렸다. 내가 한 짓은 정말로 큰 잘못일까? 아니면 아주 약간만 잘못일까?

나는 윌리의 앞발을 땅에 가만히 내려놓은 뒤 자리를 털고 일어섰다. 머릿속에서 커져가는 생각들을 모두 억누른 채 딱 한 가지 생각만을 남겨두어야 했다. 내 머릿속에 집어넣을 수 있는 생각은 단 한 가지뿐이었다. 그것은 엄마와 토비, 나를 위해 집다운 집을 구하는 데 일조하는 것. 자동차에서 자는 건 정말이지 지긋지긋하니깐. 그래, 어쩔 수 없지, 내가 아무 이유 없이 나쁜 짓을 한 건 아니잖아?

나는 윌리를 뒷베란다로 데려가 문손잡이에 다시 묶으며 다독였다.

"걱정하지 마, 윌리. 금방 집으로 돌아갈 수 있어. 누나가 약속할게."

나는 마가린 통에 물을 한가득 붓고 윌리 옆에 놓아주었다.

"침대가 필요하지 않을까?"

토비가 불쑥 말했다. 나는 낡고 누추한 뒷베란다를 물끄러미 바라보았다. 토비 말이 맞았다. 베란다는 눅눅하고 더러운 데다 나뭇잎과 잔가지로 뒤덮여 있었다. 수건 같은 걸 가져와서 침대를 만들어줬어야 했다. 또 한 번 가슴이 찌르르하게 아파왔다. 나, 윌리한테 정말 못된 짓을 하고 있잖아, 안 그래?

"다음엔 뭐라도 가져와야겠다. …… 그때까지도 윌리가 여기 있다면 말이야."

토비가 얼굴을 일그러뜨렸다.

"왜 그때는 여기 없는데?"

역시 답이 안 나오는 녀석이다. 토비한테는 하나부터 열까지 다 설명해줘야 한다. 지친다, 지쳐.

"집에 돌려보내야 할 것 아니야, 이 바보야. 사례금 전단지를 발견하면 곧바로 돌려보낼 거라고."

"아, 맞다."

나는 마지막으로 윌리를 한 번 더 쓰다듬어주고는 삐걱거리는 베란다 계단을 밟고 내려왔다. 뒤를 돌아보고 싶었지만 꾹 참았다. 자기 혼자만 남겨두고 가버리는 날 우두커니 바라보는 그 조그만 녀석의 시선을 견딜 자신이 없었다.

나는 가시덤불을 헤치고 길 쪽으로 나왔다. 하지만 윌리가 구슬프게 짖는 소리가 내 뒤통수를 잡아끌었다.

"난 아무 소리도 못 들었어."

혼자 중얼거려보았다.

'난 나쁜 사람이 아니야'라고 스스로를 위로했다. '이건 멋진 계획이야. 결국은 모두 다 행복해질 거야.' 머릿속으로 끊임없이 되뇌었다.

이렇게 생각하다 보면 다 진실이 될 거라고, 나는 그렇게 믿고 싶었다.

"저기 있다!"

나는 전속력으로 길을 건넜다.

"윌리 거야?"

토비도 소리치며 허겁지겁 나를 따라왔다.

나는 실눈을 뜨고 공중전화 박스에 붙은 전단지를 자세히 살펴보았다.

"아니."

나는 전화박스 안에 주저앉아 두 손으로 턱을 괴었다.

"다른 고양이네."

어제 이후로 우리가 발견한 전단지라고는 잃어버린 고

양이와 벼룩 판매에 관한 것뿐이었다.

토비가 내 옆에 앉았다. 잠시 후 녀석이 입을 열었다.

"시내에 가서 찾아봐야 할까 봐. 이 주변에는 안 붙였을지도 몰라."

"그런가…… 하지만 말이 안 되잖아. 자기 동네부터 찾아보는 게 당연하지, 안 그래?"

자기도 모르게 시무룩한 목소리가 흘러나왔다.

토비와 나는 다시 위트모어 가를 샅샅이 뒤졌다. 골목골목, 구석구석, 백만 번은 돌아다녔을 거다. 그러나 윌리를 찾는 전단지는 단 한 장도 없었다. 전혀 눈에 띄지 않았다. 그 아줌마는 어째서 전단지를 안 붙이는 걸까?

"딱 한 번만 더 돌아보자. 위트모어 가 말이야."

내 말에 토비는 콧노래를 흥얼거리며 내 옆을 깡충깡충 뛰어다녔다. 걱정이라곤 눈곱만큼도 안 하는 모양이었다. 윌리를 데려온 지 이틀이 다 되어가는데. 내 마음은 바짝바짝 타들어가는데.

처음에 그 아이디어가 떠올랐을 땐, 개를 훔친다는 계획이 내가 생각해도 참으로 대단한 것 같았다. 머릿속에선 모든 계획이 더없이 완벽했다.

개를 훔친다.

전단지를 발견한다.

개를 집으로 데려간다.

사례금을 받는다.

행복하게 끝.

그러나 지금에 와서 보니 계획은 전혀 완벽하지 않았다.

위트모어 가에 도착했을 때, 나는 토비를 돌아보며 단단히 주의를 주었다.

"명심해. 아무렇지도 않게 행동해야 해. 쭈뼛쭈뼛하거나 죄 지은 사람처럼 보이면 안 돼."

"나도 알아."

우리는 길을 따라 어슬렁어슬렁 걸으면서 길옆의 난간, 공중전화 박스, 가로등, 아무튼 전단지를 붙일 만한 곳은 모두 살펴보았다. 그런데 얼마 후, 저 멀리 뒤편에서 누군가의 고함 소리가 귓전을 울렸다.

"위―일―리―이!"

토비와 나는 두 눈이 휘둥그레져 서로를 쳐다보았다.

"어떡하지?"

토비가 작은 목소리로 속삭였다.

내가 뭐라 답하기도 전에, 그 뚱뚱한 아줌마가 우리를 향해 걸어왔다.

"애들아."

"어어, 네에."

나는 억지웃음을 지어 보였다.

아줌마가 걸을 때마다 반바지 안쪽이 쓸리면서 슥, 슥, 슥 하는 소리가 났다. 불룩 튀어나온 배 위로 연분홍색 티셔츠가 딱 달라붙어 있었다. 심지어 발가락도 통통해서, 노란색 고무 슬리퍼 옆으로 삐죽삐죽 튀어나와 있었다.

"너희들, 혹시 개 한 마리 못 봤니?"

아줌마는 금방이라도 숨이 넘어갈 듯한 표정으로 가슴을 움켜쥐면서 가쁘게 숨을 몰아쉬었다.

"아니요!"

토비가 손사래를 치며 큰 소리로 대답했다. 나는 녀석을 쏘아보고는 아줌마에게로 몸을 돌렸다. 나는 눈썹을 모으고 최대한 걱정스러운 눈빛으로 물어보았다.

"어떻게 생긴 개인데요?"

"크기는 요만한데,"

아줌마가 손을 들어 윌리의 크기를 가늠해 보여줬다.

"하얀색이고, 한쪽 눈에만 안대처럼 까만 털이 나 있

어. 이름은 윌리란다."

여기까지 말을 마친 아줌마가 갑자기 눈물을 뚝뚝 흘리기 시작했다. 잠시 후엔 어린애처럼 아예 목 놓아 엉엉 울었다.

"미안하다. 그 애가 어디 있는지 도무지 모르겠어."

아줌마가 눈물을 훔치며 말했다.

"도망갔을지도 모르잖아요."

토비, 촐싹거리지 좀 마. 내가 녀석을 찌를 채비를 하는데, 아줌마가 다시 입을 열었다.

"아냐, 윌리는 그럴 리 없어."

아줌마의 얼굴이 잔뜩 구겨지더니 금방이라도 또 울음을 터뜨릴 듯한 표정이 되었다. 그러더니 두 눈에서 기어이 눈물방울을 뚝뚝 떨어뜨렸다. 나는 죽고 싶은 심정이됐다. 내 양심을 더 깊숙이 찌르기라도 하듯, 아줌마가 울먹이는 목소리로 말했다.

"우리 윌리한테 무슨 일이라도 생겼으면 어떡하니?"

"저, 우리가 윌리 찾는 걸 도와드릴까요?"

맙소사, 자신을 말릴 틈도 없이 이 말이 먼저 튀어나와버렸다.

아줌마는 코를 훌쩍이며 고개를 주억거렸다.

"그래줄 수 있겠니?"

"그럼요. 그치, 토비?"

내가 옆구리를 쿡 찌르자 녀석도 고개를 끄덕였다.

"그럼요, 도와드릴게요."

아줌마의 얼굴에 미소가 피어올랐다. 아줌마는 반바지 주머니에서 휴지를 꺼내 들더니 팽 하고 코를 풀고 다시 주머니에 집어넣었다. 주근깨투성이의 벌건 뺨 위에 땀에 전 머리카락이 달라붙어 있었다.

"너희 둘 다 여기에 사니?"

토비와 나는 서로를 쳐다보았다.

"으음, 그런 셈이죠. 그러니까…… 네, 맞아요. 저쪽에서 살아요."

나는 손가락으로 우리 차가 주차되어 있는 방향을 가리켰다. 거짓말은 아니지 않은가?

"나는 바로 저기에 산단다. 아줌마가 윌리 사진을 좀 보여줄게, 괜찮지?"

우리는 아줌마를 따라 커다란 벽돌집으로 향했다. 현관문 앞에 도착했을 때, 아줌마는 우리를 향해 고개를 돌리고는 자기소개를 했다.

"그나저나 내 이름은 카멜라야. 카멜라 위트모어."

"전 조지나예요. 얘는 제 동생 토비고요."

"그래, 그렇구나. 일단 여기 있어보렴. 금방 돌아오마."

이 말을 남기고 아줌마는 어두운 집 안으로 사라졌다.

나는 현관 방충망에 얼굴을 들이밀고 안을 들여다보았다. 그 순간 심장이 쿵 내려앉는 것 같았다. 나는 얼굴을 더 바짝 갖다 대며 내가 본 게 맞는지 다시 한번 살펴보았다. 내 눈이 틀린 게 아니었다. 그 집 안은 내가 상상했던 것과 조금도 같지 않았다. 며칠 전 위트모어 가 27번지를 봤을 때, 나는 휘황찬란한 크리스털 샹들리에와 호화로운 가구로 장식된 거실과 방을 상상했다. 장미꽃 모양 수가 놓인 두껍고 부드러운 카펫을 그려보았다. 아름다운 그림이 걸려 있는 벽을 떠올렸다. 심지어 은쟁반에 찻잔과 쿠키를 담고 나르는 하녀까지도 기대했었다.

그러나 현관 방충망 사이로 내가 목격한 것은 어두컴컴하고 황량한 거실이었다. 그것도 폭탄이라도 맞은 듯 온갖 잡동사니가 널브러진 거실. 신문과 옷과 상자와 그릇들이 아무렇게나 쌓여 있는 거실. 샹들리에는 없었다. 고급 가구도 없었다.

저 안쪽 어두운 방에서 카멜라 아줌마가 조그만 은색 액자를 들고 나왔다.

"이게 월리야."

아줌마는 현관 베란다로 나와 나에게 액자를 건네주었다.

과연 액자 안에는 월리가 있었다. 은색 테두리 안에서 나를 향해 귀엽게 미소 짓는 월리.

"정말 귀엽네요."

간신히 쥐어짜낸 목소리가 처음과 달리 바들바들 떨렸다.

아줌마는 고개를 끄덕이면서 눈물을 닦았다.

"이렇게 귀여운 강아지는 처음 볼 거야. 어디 그뿐인 줄 아니? 똑똑하기는 또 얼마나 똑똑하다고!"

아줌마는 내 손에 들린 액자를 흐뭇하게 내려다봤다.

"숫자도 셀 줄 안단다. 믿어지니?"

"정말요?"

토비가 놀란 목소리로 되물었다.

"정말이야. 이 조그만 발로 숫자를 센단다. 이렇게 말이야."

아줌마가 손을 모아 허공에 대고 톡톡 치는 시늉을 했다.

"그래도 이 개…… 어쩌면 길을 잃었을지도 몰라요."

토비의 말에 아줌마가 고개를 갸우뚱했다.

"그럴까? 하지만 월리답지 않은걸. 그 애는 이 동네를 훤히 알고 있단다. 동네 사람들 모두가 그 애를 잘 알고 있고."

아줌마는 내게서 액자를 받아서 흔들의자 위에 내려놓았다.

"어쩌다 대문이 열렸는지 모르겠어."

"신문배달원이 그런 거 아닐까요?"

내가 넌지시 말을 건네자 아줌마가 고개를 흔들었다.

"아니야, 그 사람은 그냥 대문 너머로 신문을 던져놓고 가거든. 내가 아는 곳은 모조리 가봤어. 동물관리국에도 전화했고, 동네 사람들한테도 일일이 물어봤단다. 이제 어떡해야 하는지 모르겠어."

그러고는 한동안 바깥 거리를 물끄러미 바라보다가 또다시 주저앉아 코를 훌쩍였다. 나는 아무 말도 못 하고 발끝만 쳐다봤다. 옆에서 토비가 안절부절못하는 게 느껴졌다.

"아줌마, 전단지를 붙여보는 건 어떨까요?"

내 말에 카멜라 아줌마가 번쩍 고개를 들었다.

"전단지?"

"네에, 그거 있잖아요, '잃어버린 개를 찾습니다'"

"이런, 내 정신 좀 봐. 당연히 붙였어야 했는데."

그때를 놓치지 않고 내가 얼른 다시 입을 열었다.

"우리가 도와드릴게요. 그렇지, 토비?"

"응응."

토비도 아줌마를 향해 함박웃음을 지으며 대답했다.

"정말 고맙구나."

아줌마가 흔들의자를 발로 치우며 말했다.

"안으로 좀 들어오겠니?"

토비는 눈을 똥그랗게 뜨고 나를 바라보았다. 잘 모르는 사람 집에 함부로 들어가면 안 되는데……. 하지만 카멜라 아줌마라면 괜찮을 것 같았다.

나는 "네에" 하고 대답하고는 녀석의 옷자락을 잡아끌었다.

"들어가자, 토비."

집 안에 들어가서 둘러본 광경은 현관문에 매달려 훔쳐본 것처럼 똑같이 형편없었다. 정말 몹시 형편없었다. 침대 시트로 감싸놓은 높이가 맞지 않는 커다란 소파. 그 위에는 옷가지와 신문이 산더미처럼 쌓여 있었다. 작은 탁자 위엔 탄산수 캔과 지저분한 접시가 한가득이었다.

카드 테이블 위에는 반쯤 맞추다 만 퍼즐 조각이 어지럽게 널려 있었다. 벽에 붙은 선반에는 진짜 오래돼 보이는 책, 신문 더미, 빈 생선 깡통, 볼링 대회 트로피 등등이 꽉꽉 들어차 있었다. 내가 마음속으로 그렸던 장미꽃 무늬 카펫은커녕, 여기저기 벗겨지고 닳은 나무 바닥이 그대로 모습을 드러냈다. 게다가 눈길 닿는 곳마다 강아지 장난감 천지였다. 하나같이 물어뜯기고 씹힌 자국이 선연했다. 그 장난감들을 보자마자 순식간에 마음이 약해지는 바람에, 하마터면 카멜라 아줌마한테 모든 걸 사실대로 털어놓을 뻔했다. 하지만 당연히, 그러지 않았다. 사실 온갖 생각들이 뒤엉켜 머릿속을 헤집는 통에 입도 뻥긋할 수 없었다.

아줌마는 무거운 발을 질질 끌며 엉망진창인 책상으로 가서 서랍을 마구 뒤적이더니 종이를 몇 장 꺼냈다. 책상 위에 놓인 항아리에서 빨간색 마커를 뽑아 들고는 종이를 물끄러미 응시했다.

"뭐라고 쓰지?"

"'잃어버린 개를 찾습니다. 이름은 월리, 흰 털과 검은 털이 섞여 있음' 이건 어때요?"

"그 밑에는 '사례는 두둑이 하겠습니다'라고 써보세

요."

토비가 끼어들었다.

아이고 맙소사. 그렇게 직설적으로 말해버리면 어떡하느냐고! 나는 얼른 표현을 좀 더 부드럽게 바꿔보려 했지만, 이미 늦어버렸다.

"사례?"

아줌마 얼굴에 혼란스러운 표정이 어렸다. 나는 토비가 입을 열기 전에 선수를 쳤다.

"아, 맞다. 그거 괜찮은 생각인데요? 확실히 사람들 관심을 끌 수 있겠어요."

"그러니까, 사례라 하면…… 돈 같은 거 말이냐?"

아줌마의 시선이 책상 위의 빈 종이에 고정돼 있었다.

"네, 돈이요."

토비가 맞장구를 쳤다. 나는 녀석을 매섭게 쏘아보았다. 제발 입 좀 다물란 말이야, 그냥 내가 말하게 가만히 좀 있어.

"그래요, 돈이 좋겠어요. 그걸 본 사람들이 눈에 불을 켜고 윌리를 찾아줄 거예요."

카멜라 아줌마가 미심쩍은 표정으로 고개를 갸웃거렸다.

"글쎄다, 난 잘 모르겠는데."

그러더니 입술을 꼭 깨문 채 책상 위 종이만 뚫어져라 노려보았다. 이윽고 고개를 든 아줌마가 나와 토비를 번갈아 보며 물었다.

"그럼, 얼마면 될까?"

"500달러요."

기다렸다는 듯이 토비가 답했다.

"500달러나!"

그 순간 카멜라 아줌마의 몸이 약간 기우뚱한 것 같았다. 나는 아줌마가 쓰러지는 줄 알았다.

"아줌마한테는 그만한 돈이 없는데."

"정말요?"

아줌마는 천천히 고개를 가로저었다.

"그러면 사례금으로 얼마나 내거실 수 있는데요?"

"흐음, 내 생각으로는 한 50달러 정도?"

50달러? 그 정도론 턱도 없다. 토비의 따가운 시선이 느껴졌다. 내 심장이 빠르게 뛰기 시작했다. 하지만 내가 뭐라 답하기도 전에, 카멜라 아줌마가 휴우, 하고 깊은 한숨을 내쉬며 울퉁불퉁한 소파 위로 몸을 던졌다. 잠시 후엔 고개를 절레절레 저으며 체념한 듯 말했다.

"별로 두둑하진 않은 것 같다, 그렇지?"

"그러니까, 으음, 어쩌면 아줌마가 돈을 좀 더 모을 수 있지 않을까요?"

아줌마 눈치를 보며 다시 물었지만 아줌마는 자기 무릎만 내려다보았다. 윗입술 위에 조그만 땀방울이 송글송글 맺혀 있었다.

"직장에 추가 근무를 요청해봐야겠구나. 그래봤자 별로 도움이 안 될 텐데."

그러나 잠시 후, 아줌마는 손가락으로 딱 소리를 내며 한층 밝아진 목소리로 이렇게 말했다.

"그래! 거티한테 돈을 빌릴 수 있을지도 몰라."

"네! 그래요! …… 근데 거티가 누구예요?"

토비가 물었다.

"동생이야."

"그러면, 동생분이 이 거리 주인이신가요?"

내가 넌지시 묻자 아줌마가 기가 막힌다는 듯 쿡쿡 웃었다.

"아이쿠, 누가 그러대? 걔는 페이이트빌에서 선생을 하고 있는걸."

"그럼 누가 이 거리 주인이에요? 아줌마의 아빠? 아니면 다른 친척?"

"그런데 '거리 주인'이라니, 그게 무슨 소리니?"

아줌마가 눈살을 찌푸리며 되물었다.

"그냥…… 아줌마 성이 '위트모어'길래……."

"아아!"

아줌마가 탄성을 내질렀다.

"여기가 위트모어 가라서?"

나는 가만히 고개를 끄덕였다.

그러자 아줌마가 천천히 고개를 가로저었다.

"우리 할아버지의 할아버지가 한때는 이 근처 땅의 주인이셨지. 그분이 이 집을 당신 손으로 직접 지으셨대. 벽돌을 한 장 한 장 쌓아가면서. 그리고 저기 고속도로 너머까지 이어지는 커다란 옛 농장도 그분 것이었대."

나는 창밖 너머 고속도로를 멍하니 바라보았다. 안 좋은 예감이 엄습해왔다. 아무래도 모든 일이 잘못 돌아가고 있는 것 같았다. 어쩌면 카멜라 아줌마는 부자가 아닌지도 몰라.

"그 농장은 어떻게 됐는데요?"

"우리 할아버지가 어떻게든 농장을 지켜보려고 애썼지만, 결국 남의 손에 넘어가고 말았어. 농부로선 별로 소질이 없으셨나 봐."

아줌마는 창밖으로 시선을 던지면서 고개를 내저었다.

"아버지가 이 집을 물려받으셨을 때 남은 거라곤, 여기 이 작은 뜰과 거리 표지판에 적힌 우리 가족의 성뿐이었어."

"아줌마 아빠가 돈을 남겨주진 않으셨나요?"

나도 모르게 꼬치꼬치 묻고 말았다.

"아버지는 8년 전에 돌아가셨어. 그 이듬해에 어머니가 아버지 뒤를 따르셨고. 곧이어 거티가 집을 나가버렸지."

아줌마는 손에 쥔 윌리의 사진을 내려다보았다.

"나한테 남은 건 윌리뿐이야."

말을 마치기가 무섭게 아줌마는 또 눈물을 흘리기 시작했다. 마음이 몹시 무거웠다. 그대로 바닥으로 꺼지지 않은 게 신기할 정도였다.

그런데 갑자기 카멜라 아줌마가 자리에서 벌떡 일어나더니 손가락을 튕겼다.

"이러는 게 좋겠다!"

나와 토비는 아무 말도 않고 아줌마를 바라보았다.

"당장 거티에게 전화를 해서 돈을 빌리는 거야. 정말이야, 윌리를 되찾을 수만 있다면 100만 달러도 아깝지 않아."

"100만 달러요?"

토비가 소리쳤다.

아줌마는 힘차게 고개를 끄덕였다.

"당연하지. 할 수만 있다면 말이야."

나와 토비는 말뚝처럼 서서 아줌마를 바라보았다. 아줌마는 종이에 자신 있게 글씨를 써 내려갔다.

잃어버린 개를 찾습니다.

이름은 윌리, 흰 털과 검은 털이 섞인 조그만 개.

사례금 500달러.

아줌마가 '500달러'라고 쓸 때, 나는 입을 꾹 다문 채 새어 나오는 웃음을 막으려 무진 애를 썼다. 일이 잘되려나 봐, 라고 생각하면서.

우리는 조그만 탁자에 둘러 앉아 전단지를 몇 장 더 만들었다. 전단지가 어느 정도 쌓이자, 카멜라 아줌마가 말했다.

"그만 됐다. 이 정도면 충분해."

"저희가 지금 밖에 갖다 붙일까요?"

내 물음에 아줌마는 전단지 한 장을 손에 들고 찬찬히 훑어보며 고개를 가로저었다.

"글쎄다, 좀 기다리는 게 좋을 것 같아. 아줌마가 돈을 마련할 때까지 말이야."

"얼마나 기다리면 될까요?"

"오래 안 걸렸으면 좋겠구나. 오늘 밤에 거티에게 전화를 걸까 해."

아줌마는 바닥에 떨어진 강아지 장난감을 내려다보았다. 물어뜯겨 너덜너덜해진 고무 슬리퍼였다. 아줌마는 몸을 굽혀 장난감을 주웠다. 그 동작조차 힘에 부치는지 살짝 숨소리가 거칠어졌다.

"이제 주위를 좀 더 돌아봐야겠다."

아줌마는 고무 슬리퍼를 무릎 위에 올려놓고는 앞뒤로 뒤집어보며 말했다.

"윌리 없이 또 하룻밤을 지내야 한다니, 정말 견딜 수가 없구나."

"우리 내일 또 올게요, 괜찮죠?"

아줌마는 천천히 고개를 끄덕였다.

"그러렴, 괜찮고말고."

토비와 나는 아줌마가 차를 몰고 나가는 모습을 지켜보다가, 우리 차가 있는 곳으로 서둘러 달려갔다. 윌리에게 줄 음식을 챙기기 위해서였다. 나는 비스킷과 그릴드 치즈 샌드위치 반쪽을 식료품 봉지에 담고, 트렁크를 뒤져 윌리에게 침대로 만들어줄 만한 수건을 찾아냈다.

"다 됐다. 가자."

윌리는 우리의 등장을 몹시 반겼다. 꼬리를 흔들고 낑낑거리기를 반복했다. 우리가 뒷베란다에 올라가자마자, 녀석은 우리를 향해 펄쩍 뛰어들며 얼굴과 목을 열정적으로 핥아댔다.

내가 음식이 든 식료품 봉지를 열 때 녀석은 거의 넋이 나간 듯했다. 바닥에 놓인 음식을 게걸스럽게 먹어 치우고는, 부스러기 하나 남지 않을 때까지 봉지를 샅샅이 핥았다.

나는 녀석에게 팔을 두르고 녀석의 등에 머리를 기댔다.

"누나가 금방 집에 데려다줄게, 알았지?"

나는 진심을 담아 말했다. 녀석을 내 무릎 위에 올려놓고 등을 쓸어주었다. 윌리는 내 무릎에 얌전히 머리를 올려놓고는 한숨을 내쉬었다.

"왠지 슬퍼 보여."

토비가 말했다.

나는 윌리를 살펴보았다. 그리고 녀석의 두 눈을 바라보며 "슬퍼하지 마, 작은 친구야"라고 속삭였다. 그러자 윌리가 눈썹을 살풋 들어 올렸다. 녀석의 표정만 봐도 무슨 생각을 하는지 알 것 같았다. 갑자기 눈물이 솟았다. 그토록 참으려고 애썼던 눈물이 한꺼번에 터져 나왔다.

"왜 그래, 누나?"

토비는 당황한 기색이 역력했다.

내가 뭐라고 답할 수 있을까? 오늘 본 과학 시험에서 빵점을 받았다고 둘러댈까? 우릴 이런 진창에 버려둔 아빠가 미워 죽겠다고 털어놓을까? 가장 친한 친구가 나보다 깔끔한 다른 애랑 발레 학원에 가 있는 동안 나는 차에서 먹고 자야 해서, 이런 내 신세가 처량하고 기분 나쁘다고 고백할까? 그러고 나서는 윌리 이야기로 넘어가야겠지. 그 누구에게도 해를 끼친 적 없는 착하고 귀여운 개를 여기에 데려다놓은 게 양심에 찔린다고? 이 착한 개가 지금은 슬퍼 보이고, 어쩌면 두려움에 떨고 있을지도 모른다고? 그리고 카멜라 아줌마. 툭하면 눈물을 흘려대며 잃어버린 개를 그리워하는 아줌마…….

이토록 안타깝고 뒤죽박죽인 상황의 중심에 바로 내가 있었다.

그날 밤 엄마는 일을 마친 후에 우리를 차에 태우고 월마트로 갔다. 엄마와 토비가 월마트에서 장을 보는 동안 나는 그냥 차 안에서 기다렸다. 그동안 보라색 노트를 꺼내어 '개를 훔치는 완벽한 방법' 페이지를 다시 읽어 내려갔다.

눈으로 훑어봤을 땐 그렇게 쉬워 보일 수가 없었는데. 나는 페이지를 넘겨 오늘 날짜를 적었다. 4월 20일.

제6단계: 잃어버린 개를 찾는 전단지를 발견하면,
개를 주인에게 데려다주고, 돈을 받는다. 이것으
로 모든 일을 완수한 것이다.
그러나,

나는 '그러나'를 쓰고 그 주위로 커다랗게 동그라미를 그렸다. 그리고 이렇게 이어 적었다.

전단지를 발견하지 못할 경우에는, 직접 주인을 찾아 전단지를 만들도록 도와야 한다.

이 일을 하는 동안에는, 개 도둑이 아닌 선량한 보통 사람처럼 보여야 한다.

개가 배고프거나 슬퍼하지 않도록 정말로 잘 돌봐줘야 한다. 잊지 말고 기억하자.

그런 다음에는,

나는 '그런 다음에는' 주위에도 동그라미를 치고 그 아래에 이렇게 적었다.

이제 무슨 일이 생기는지 인내심을 갖고 기다려본다.

나는 노트를 가만히 내려다보았다. 그리고 마지막 문장을 소리 내어 읽어보았다.

밤새 고민하고 걱정한 끝에 내린 결론은 고작 이것뿐이었다. 그저, 이제 무슨 일이 생기는지 기다려보자.

왜 그랬는지 나도 모르겠다. 단지 나 자신을 막을 수 없었을 뿐이다. 나는 복도를 지나쳐 자기 교실로 들어가는 토비를 지켜보다가, 곧바로 몸을 돌려 학교 건물을 빠져나갔다. 그대로 인도를 따라 걷다가 건물 옆에 몸을 숨겼다. 학교 앞에 버스가 서고 아이들이 각자의 교실을 찾아 뿔뿔이 흩어진 것을 확인한 후, 나는 잽싸게 발을 놀려 정문을 빠져나갔다. 그리고 고속도로까지 쉬지 않고 달렸다. 등 뒤에서 가방이 이리저리 흔들렸지만, 나는 무조건 부지런히 내달렸다.

　윌리를 봐야 해. 그래야만 해.

드디어 낡은 집으로 향하는 자갈길에 들어섰다. 내 마음속은 방금 한 짓(학교를 땡땡이친 것)에 대한 걱정이 아닌, 꼭 해야 할 일(월리를 보는 것)로만 가득 차 있었다.

집에 도착하자마자, 가방을 벗어 현관 베란다에 던졌다. 그런 다음 가시덤불을 헤치고 집 뒤편으로 향했다. 그러나 모퉁이를 도는 순간, 내 귀를 의심하며 그 자리에 우뚝 멈춰 설 수밖에 없었다. 노랫소리. 누군가가 집 뒤에서, 노래를 부르고 있었다!

나는 덤불 속으로 풀썩 뛰어들어 자세를 낮췄다. 그렇지만 야속하게도 내 심장은 쿵쾅쿵쾅 크게 울리고 있었다.

노랫소리가 멈췄다. 나도 숨을 멈췄다. 어떤 남자가 갑자기 버럭 소리를 질렀다.

"어이, 나한테 겁먹은 거요? 아님 내가 겁먹어야 하나?"

나는 질퍽질퍽한 땅에 무릎을 꿇고 두 눈을 질끈 감아 버렸다. 무서워 죽겠다는 생각과 어떡하나 하는 생각이 미친 듯이 머릿속을 왔다 갔다 했다. 두터운 덤불 사이를 기어 나가면 길가로 돌아갈 수 있을 것도 같았다. 덤불 가지를 밀며 빠져나가려는데, 바스락하는 소리가 고요한 숲속에 울려 퍼졌다. 온몸이 얼어붙는 것 같았다. 윌리가 왕왕 짖어대는 소리까지 들렸다.

"난 코빼기도 안 비치는 얼간이는 조금도 안 무서운데."

남자가 덤불을 향해 소리쳤다.

나는 머리를 아주 약간 들어 올리고 덤불 이파리 사이로 뭐가 보이는지 살펴보았다. 어떤 남자가, 뒷베란다 옆의 통나무에 걸터앉아 있었다! 나는 다시 몸을 숙였다. 어떡해서든 낡은 집에서 멀찍이 떨어져서 도로를 향해 기어가보려 했지만, 야생 딸기 덤불이 길을 단단히 가로막고 있었다.

"이거, 당신 개요?" 또 그 남자의 목소리.

머릿속으로 온갖 생각이 스쳐 지나갔다. 벌떡 일어나서 줄행랑을 놓을까? 아니면 무슨 말이든, 대답을 해볼까?

"나랑 이 개는 여기 앉아서 정어리를 나눠 먹고 있었소. 댁도 좀 드릴까?"

나는 덤불 가지를 약간 밀치고 그쪽을 훔쳐보았다. 과연, 윌리가 있었다. 뒷베란다 계단 맨 아래에 앉아 종이 접시를 할짝이고 있었다. 남자는 자리에서 일어나 내가 있는 방향으로 몇 걸음 다가왔다. 나는 또다시 바짝 엎드렸다.

"아무래도 우리 둘이 같은 생각을 하고 있는 것 같소만,"

남자가 덤불에 대고 말했다.

"내가 늘 하는 말이 있지. 회색곰을 껴안으려면 절대 손에서 총을 놓지 말라."

나는 그 남자를 좀 더 자세히 보려고 납작 엎드린 채 몇 미터쯤 앞으로 기어갔다.

"하지만 걱정 말라고. 난 회색곰이 아니니까. 설마 이 쪼그만 강아지가 사나운 회색곰하고 정어리를 나눠 먹을 수 있다고 생각하진 않겠지?"

그리고 그날, 나는 두 번째로 생각 없는 행동을 저질러버렸다. 그 말을 듣자마자 자리에서 벌떡 일어나 덤불 가지를 옆으로 밀치면서 당당히 말해버린 것이다.

"월리예요, 그 개의 이름은."

남자가 나를 돌아보았다.

"그렇다면 나도 고백해야겠군. 나 역시 네가 회색곰이 아니라서 엄청 기쁘다."

나는 덤불에서 빠져나왔다. 월리가 날 보고 꼬리를 흔들어대며 앞발을 펄쩍펄쩍 들었다. 남자가 쿡, 하고 웃었다.

"거참 눈물겨운 상봉 장면이네."

내 마음 한구석에서는, '그만해, 조지나. 지금 당장 몸을 돌려 여기서 벗어나'라고 간절히 외치고 있었다. 그렇지만 언제 내가 마음속 외침을 들은 적이 있던가. 이번에도 나는 그 자리에 서서 상황을 파악해보려고 두리번거리기만 했다.

남자는 방수천 한쪽 끝을 집의 지붕 끝에 못으로 고정시키고 다른 쪽 끝을 나무에 매달아 간이 천막처럼 만들어놓았다. 초라한 침낭 하나가 그 아래에 길게 놓여 있었다. 베란다 난간에 녹슬고 낡은 자전거 한 대가 기대 세워져 있었고, 자전거 뒷자리에 바구니 하나가 끈으로 친친 감겨 있었다. 나무 상자에 단단히 붙들어 맨 기다랗고 가느다란 막대 끝에는 성조기가 매달려 있었다.

남자는 자전거를 턱으로 가리키며 말했다.

"주차하기 쉽고 기름을 안 먹어서."

남자가 이를 드러내며 씩 웃었다. 그 순간 금으로 된 앞니가 번쩍였다. 순식간에 소름이 쫙 끼쳤다. 게다가 윌리의 머리를 쓰다듬는 그 남자의 손가락은 남들보다 두 개나 부족했다. 손가락 두 개가 잘려 나간 사람은 태어나서 처음 보았다.

내가 자기 손에서 시선을 떼지 못한다는 걸 알아챘는지, 묻지도 않았는데 그가 설명을 시작했다.

"오래전에 트랙터 엔진이랑 한바탕 격투를 벌였지 뭐냐. 그런데 결국 트랙터가 이기고 말았지."

그는 나머지 세 손가락을 나에게 흔들어 보였다.

나는 얼굴을 붉히며 얼른 시선을 거두었다.

"나는 무키다."

남자가 기름때가 꼬질꼬질하게 낀 야구 모자를 톡톡 치면서 자기 이름을 댔다.

"무키?"

그가 또 앞니를 번쩍이며 웃었다.

"그래, 진짜 이름은 말콤 그린부시지. 하지만 내가 코딱지만 할 때부터 어머니가 날 무키라고 불렀거든. 그냥 그렇게 무키로 굳어졌지."

"아아."

"너도 이름은 있겠지?"

"조지나예요. 조지나 헤이즈."

남자는 손가락이 세 개뿐인 손을 불쑥 내밀며 악수를 청했다. 나는 머뭇거리며 세 개의 손가락 끝을 살짝 잡았

다 났다. 고백하건대, 세 손가락을 부여잡고 악수를 하는
건 썩 기분 좋은 일이 아니었다. 하지만 어쨌든 악수는
한 셈이다.

"네 일에 이러쿵저러쿵 간섭할 생각은 없어요, 조지나
아가씨. 그런데 어째서 이렇게 작은 개를 이렇게 낡아빠
진 집에 숨겨두고 있는 거지?"

어, 이런, 준비도 안 했는데 이렇게 단도직입적으로 묻
다니. 뭐라도 빨리 생각해내야 한다.

"집주인이 바뀌었는데 집에서 개를 키우지 말래요. 그
래서 엄마가 개를 키울 수 있는 집을 알아보기로 했거든
요? 집을 구할 때까지만 윌리를 여기에 두고 제가 돌봐주
기로 했어요."

됐다. 꽤 괜찮은 핑계거리인걸?

무키 아저씨가 덥수룩한 눈썹을 추켜올렸다.

"그렇게 된 거라고?"

의심이 뚝뚝 묻어나는 목소리였다.

"네, 아저씨."

"그런데 말이다, 아무래도 네 개가 몹시 배가 고픈 모
양이야. 스컹크 궁둥이라도 뜯어먹을 기세던데?"

나는 윌리를 쳐다봤다. 녀석은 계단에 앉아 조그만 앞

168

발로 허공을 향해 발길질을 해대더니 하품을 쩍 하면서 앙증맞은 분홍색 혀를 동그랗게 말았다. 나는 월리 옆에 앉아 녀석을 내 무릎 위에 올려놓았다.

"제가 먹을 것을 매일 가져다주는데요."

"흐음, 그러셨어요?"

그러셨어요, 하는 아저씨의 말투에 왠지 모르게 기분이 상했다.

"오늘만 빼고요. 오늘은 까먹었어요."

"뭐, 그렇다면 나한테 정어리가 좀 있었던 게 다행이네."

무키 아저씨는 종이 접시와 빈 깡통을 그러모아 비닐봉지에 담으면서 나를 돌아봤다.

"안 그러냐?"

왠지 모르게 또다시 속이 확 뒤틀렸다.

"그러네요."

"근데 저렇게 콩알만 한 개를 하루 종일 묶어두다니, 좀 그렇지 않니?"

나는 아무 말 없이 월리를 내려다보며 등을 쓰다듬었다.

"월리, 잠깐 산책이나 갔다 올까?"

내 말에 녀석이 무릎에서 폴짝 내려와 기분 좋은 신음

소리를 냈다. 무키 아저씨가 쿡쿡댔다.

"'네, 좋아 죽겠어요', 하는 것 같은데?"

내가 베란다 손잡이에 묶인 끈을 풀어주자마자 윌리가 계단을 구르듯이 내려와 나를 향해 펄쩍펄쩍 뛰며 정신없이 낑낑거렸다. 나는 녀석을 데리고 자갈길을 한 바퀴 획 돌고는 집에서 좀 더 먼 곳으로 걸음을 옮겼다. 윌리는 그저 뛰어다닐 수 있다는 것만으로도 기쁨에 겨워하는 것 같았다. 우리는 집 앞의 길을 오가며 열심히도 뛰어다녔다. 결국엔 내가 먼저 흙바닥 위에 풀썩 쓰러져버렸다. 심장이 터질 것 같았다. 윌리도 헉헉대며 내 옆에 와 앉았다.

"저런, 녀석이 뭘 더 좋아하는지 모르겠구나. 정어리인지 산책인지."

집 모퉁이에서 무키 아저씨가 크게 외쳤다.

나는 윌리를 무릎에 올려놓고 꼭 껴안아주었다. 녀석은 내 얼굴을 핥으며 코로 여기저기를 쿡쿡 찔렀다.

아저씨가 우리가 있는 쪽으로 어슬렁어슬렁 걸어왔다.

"이 녀석, 꽤 똑똑한데? 오래 키웠냐?"

"뭐, 그런 셈이에요."

"이런 개라면 금방 빠져들 수밖에 없지."

아저씨는 자갈을 하나 주워 들더니 나무숲 쪽으로 힘껏 던졌다. 슈욱, 툭, 하는 소리가 숲속에 메아리쳤다.

"굉장히 보고 싶겠어. 내 말은, 그러니까 집에선 이 녀석을 볼 수 없을 테니 말이다."

나는 고개를 주억거렸다. 손으로는 윌리의 머리를 쓰다듬으면서, 잔뜩 뒤틀린 속을 들키지 않으려고 애쓰면서.

무키 아저씨는 숲속으로 또 한 번 자갈을 던졌다.

"이 아저씨도 어렸을 때 개를 한 마리 키웠지."

"어떤 개였는데요?"

"뭐, 그냥 조그만 잡종 개였어. 홈 메이드 비누보다도 못생긴 놈이었지. 또 멍청하기는 이루 말할 것도 없었고! 우리 아버지가 말씀하시길, 녀석을 물속에 풀어놓으면 허우적댈 수 있을지조차 의문이라고 하더라고."

아저씨가 낄낄댔다.

"그런데 말이지, 난 그놈과 둘도 없는 친구였단 말이야. 앙꼬와 찐빵처럼 찰떡궁합이었지. 그놈을 엄청나게 사랑했었어."

아저씨는 손을 뻗어 윌리의 머리를 긁어주었다. 윌리는 무키 아저씨를 향해 특유의 미소를 지어 보였다.

"개는 가족이나 다름없어, 역시 그렇지?"

아저씨가 흐뭇한 미소를 띤 채 말했다.

나는 윌리를 바라보았다. 아무리 떨쳐내려 애를 써봐도, 카멜라 아줌마의 상심에 젖은 얼굴과 슬픈 목소리가 자꾸만 떠올랐다.

나는 자리에서 일어나 청바지에 묻은 먼지를 툭툭 털어냈다.

"아저씨는 어디에 사세요?"

"어제? 오늘? 아님 다음 주 화요일?"

아저씨가 짓궂은 표정으로 되물었다. 씩 웃는 그의 입속에서 노란 금니가 반짝거렸다.

"어어, 그러면, 으음, 어제요."

"거기서."

아저씨는 머리를 휙 젖히며 어딘가를 향해 눈동자를 굴렸다.

"거기 어디요?"

"내가 있던 거기."

"집 안이요?"

"집?"

아저씨의 목소리가 쩌렁쩌렁 울렸다. 뭐 그런 말도 안 되는 걸 물어보느냐는 듯한 말투였다.

"아~ 아니."

"그럼 어디요?"

아저씨는 두 팔을 크게 벌리고는 대답했다.

"집 밖. 여기 밖에서."

"밖이라고요?"

"그럼."

아저씨가 고개를 끄덕였다.

"어떻게요? 아니, 어쩌다가요?"

"흐음, 여길 봐라. 벽에다 페인트칠할 필요도 없지, 천장에 타르지 바를 일도 없지, 바닥을 쓸고 닦을 필요도 없지. 얼마나 좋냐? 그냥 숨만 쉬면 되잖아?"

"이상한데요."

나는 솔직하게 말했다. 무키 아저씨가 또 킥킥하고 웃었다. 정말 기분 나쁜 사람이다.

"저 갈래요."

나는 대화를 중단하고 윌리를 데리고 집으로 돌아갔다. 아저씨가 휘파람을 불면서 우리 뒤를 졸졸 따라왔다. 나는 윌리를 뒷베란다 문손잡이에 도로 묶었다.

"여기에 언제까지 계실 거예요?"

"오래는 안 있겠지. 한곳에서 너무 오래 있다 보면, 다리에서 뿌리가 나거든."

"그렇군요(제발 빨리 가라, 가)."

나는 심드렁하게 대답하며 윌리를 마지막으로 정성스럽게 쓰다듬어주었다.

"그럼, 안녕히 계세요."

나는 삐걱거리는 계단을 조심조심 밟고 내려갔다.

"참, 정어리 고맙습니다. 윌리한테 주신 거요."

그러자 아저씨가 모자 끝을 살짝 잡으며 인사했다.

"별말씀을."

덤불을 헤치며 집의 앞뜰 쪽으로 걸어가는 내내, 불편한 기분을 떨칠 수가 없었다. 걸음을 옮길 때마다, 벽돌을 쌓아 벽을 만들듯 걱정거리가 한 층 한 층 쌓였다.

나는 차 안에서 하교 시간이 되기를 기다렸다가 다시 학교로 돌아가 토비를 데려왔다. 오후에는 계획을 완성하기 위해 무엇을 더 해야 할지에 온 신경을 집중했다. 노트에 적어둔 '개를 훔치는 완벽한 방법'을 마음속으로 쭉 훑어보면서, 일을 여기까지 착착 진행시켜온 데 대해 흡족하게 생각하기로 했다.

정말 잘해왔어, 안 그래? 다시 말해, 나는 완벽한 개를 찾아냈다. 그 개를 훔쳤다. 녀석을 안전한 장소에 숨겨놓았다. 이제 남은 일이라곤 카멜라 아줌마가 사례금 마련하기만을 기다리는 것뿐이다. 다시 토비와 함께 아줌마네 집을 찾아가기 전까지 아줌마는 분명 그 돈을 마련할 것이다. 그러면 나는 개를 훔치는 계획의 맨 마지막 단계만 실행하면 된다.

물론이다, 나와 토비와 엄마는 근사한 새 아파트에 보금자리를 마련하게 될 것이다. 그것도 아주 빠른 시일 내에.

카멜라 아줌마는 축축하게 젖은 휴지를 무릎 위
에 올려놓고 손가락으로 배배 꼬았다. 이따금 그 휴지로
코를 팽 풀기도 했다.

"정말이지 더 이상은 못 견디겠어. 오늘은 일하러 가지
도 못했단다."

"왜요?"

토비가 천진난만하게 물었다. 나는 무릎으로 녀석을
쿡 찔렀다. 우리는 소파 위의 잡동사니 더미에 간신히 끼
어 앉아 있었다. 창문 커튼도 닫힌 상태였다. 어두운 거실
을 비스듬히 가로지르는 햇살 사이로 먼지들이 여기저기

부유하고 있었다.

아줌마가 고개를 가로저었다.

"거티는 그만한 돈이 없다고 하더구나. 분명히 있을 텐데 말이야."

"왜 돈을 빌려주시지 않으려는 걸까요?"

이번엔 내가 물었다.

"자기밖에 모르는 애거든. 그래서 거짓말을 한 거겠 지."

나는 탁자 위를 앵앵거리며 날아다니는 파리 한 마리 를 눈으로 좇았다. 파리는 탁자 위에 놓인 기름투성이 피 자 박스 위에 사뿐히 앉았다.

"정말 못됐네요."

"그 앤 개를 전혀 좋아하지 않거든."

아줌마는 코를 풀고는 손을 휘휘 저어 파리를 내쫓았다.

"이제 어떡하실 거예요?"

카멜라 아줌마는 의자 등받이에 상체를 털썩 뉘였다. 주름이 자글자글 잡힌 비닐 스툴에 발을 기대고 두 손을 배에 올렸다. 그런 후 두 눈을 지그시 감고 끙끙거리는 신음 소리를 냈다.

토비가 검지를 귀 옆에 대고 빙글빙글 돌리면서 '저 아줌마 정신 나간 거 아냐?' 하는 눈짓으로 날 쳐다봤다. 나는 녀석을 모로 흘겨보면서 고개를 짧게 가로저었다.

"이제 어떡하실 거예요?"

내 목소리가 조금 더 높아졌다.

아줌마는 머리를 세차게 흔들었다. 투실투실한 볼살이 푸딩처럼 흔들렸다.

"그냥 죽어버릴까 봐."

토비는 절로 벌어지는 입을 자기 손으로 틀어막았다. 웃음을 참으려고 애쓰는 모양이었는데, 나는 그 상황에서 뭐가 웃긴 건지 도대체 이해가 되지 않았다.

"그런 생각 하지 마세요. 윌리한테는 아줌마가 필요해요."

내 말에 아줌마가 갑자기 두 눈을 부릅떴다. 그러고는 허리를 펴고 앉더니 손으로 무릎을 탁 쳤다.

"그래, 맞아. 윌리한테는 내가 필요해."

나는 방긋 웃음을 지었다.

"그러니까, 이제 어떡하실 거냐고요?"

"이제 전단지를 붙여야겠다. 전단지를 붙일 거야."

"사례금 전단지요?"

토비의 말에 아줌마가 고개를 끄덕였다.

"그—으—래."

"하지만 돈이 없다면서요? 어디에서 돈을 구하시게요?"

내가 조심스레 다시 물었다.

"스칼렛 오하라처럼 해야지."

"그게 누군데요?"

"왜 있잖니, 영화 '바람과 함께 사라지다'에 나오는."

도대체 이건 또 무슨 소리지? 토비도 영문을 모르겠다는 표정을 지었다. 그러자 아줌마가 신이 나서 스칼렛 오하라 이야기를 늘어놓았다. "엉터리!"라는 말을 습관처럼 하는 영화 속 주인공, 오늘이 아니라 내일을 걱정하는 여인.

이야기를 마친 카멜라 아줌마는 의자에서 몸을 일으켜 부서지기 일보 직전인 카드 테이블로 비척비척 걸어갔다.

"너희들, 이 전단지 붙이는 것 좀 도와주겠니? 여기에 윌리 사진을 넣어보았단다."

아줌마는 종이 뭉치를 우리에게 흔들어 보였다.

토비는 쭈뼛쭈뼛 내 눈치만 보고 있다가, 내가 "그럼요" 하고 대답하자 자기도 "그럼요"라고 명랑하게 답했다.

카멜라 아줌마는 압정이 든 조그만 통을 우리에게 건

네주고는 가방과 자동차 열쇠를 챙겼다.

"자아, 이제 가볼까?"

아줌마는 운전을 하고, 나와 토비는 차가 멈출 때마다 수시로 거리로 튀쳐나가 전단지를 붙였다. 엄마가 일하는 커피숍 근처에 오자 토비는 "걸리면 어떡해?"라며 잔뜩 겁을 집어먹었다. 하지만 나는 그만 징징대고 할 일이나 제대로 하라며 녀석을 윽박질렀다. 물론 토비가 옳다는 건 나도 알고 있었다. 정말로 엄마가 우릴 볼지도 모른다. 그러나 안 그래도 내 마음속은 갖가지 걱정거리 때문에 무거울 대로 무거운 상태였다. 즉 엄마한테 걸릴 일까지 걱정할 여유는 없었다. 전단지를 한 장 한 장 붙일 때마다, 애써 묻어버리려 했던 의문 하나가 자꾸만 고개를 들이밀었다. '맙소사, 조지나, 너 지금 뭐 하는 거니?'

전단지가 바닥이 났다. 이제 다비 거리에는 어디에나 윌리를 찾는 전단지가 붙어 있었다. 거의 모든 골목에서, 녀석만의 사랑스러운 자세로 고개를 빳빳이 든 채 세상을 응시하는 윌리의 얼굴을 볼 수 있었다. 그 얼굴을 보고 있자니 마음이 무너져 내리는 듯했다.

"벌써 기분이 좋아진 것 같아."

카멜라 아줌마가 말했다. 우리가 탄 자동차는 이제 위트모어 가를 돌아 아줌마네 집으로 막 들어서려는 참이었다.

"조금만 있으면 우리 귀염둥이 윌리가 집으로 돌아올 거라는 예감이 들어. 아줌마는 알 수 있단다."

"하지만 돈은 어떡하죠?"

아줌마가 나를 향해 손을 까딱까딱했다.

"오, 엉터리 같은 소리. 그건 내일 걱정할래."

그날 밤 엄마는 일을 마치고 돌아와 우리를 피자헛으로 데려갔다. 피자헛에서 대충 몸을 씻은 후, 우리는 주차장에 앉아 콘비프 샌드위치와 딜 피클을 먹었다. 엄마는 무척 행복하고 들뜬 표정으로 요즘 얼마나 돈을 많이 모았는지 아느냐며 끊임없이 수다를 늘어놓았다. 엄마는 나와 토비에게 지폐가 두둑이 담긴 봉투를 자랑스럽게 보여주었다.

"이건 트렁크 안에, 스페어타이어 밑에 보관해두고 있지. 하지만 어디까지나 위급할 때를 위해서야, 알겠니?"

"그 정도면 아파트를 구할 수 있어요?"

나는 콘비프에서 비계를 뜯어내 냅킨에 곱게 싸면서

물었다. 그건 월리 몫이었다.

"그 정도는 아니고. 하지만 금방 모을 수 있어."

"얼마나 걸리는데요?"

나는 입속에 풍선껌을 넣었다.

"오래 안 걸려."

"그래서 얼마나?"

"오래 안 걸려."

엄마의 목소리에 짜증이 섞였다.

"뭐, 그렇담 그렇겠죠."

나는 불량스럽게 눈동자를 굴리며 손으로 껌을 잡아 길게 늘어뜨렸다.

엄마가 고개를 홱 돌려 나를 노려보았다. 나는 턱을 높게 쳐들고 무표정한 시선으로 엄마의 시선을 맞받아쳤다. 손가락으로는 껌을 줄넘기처럼 빙빙 돌리면서.

엄마는 다시 고개를 돌리고 앞좌석에 무너지듯 깊숙이 몸을 묻었다.

토비가 쪽쪽 소리 나게 손가락을 빨면서 말했다.

"어쩌면 누나랑 내가 돈을 구할 수 있을지도 몰라."

순간 나는 너무 놀라서 그대로 껌을 삼켜버릴 뻔했다. 엄마는 토비를 돌아보며 더없이 다정한 미소를 지어 보였다. 나한테는 한 번도 그런 미소를 보여준 적 없으면서, 쳇.

"아이구, 무슨 수로 너랑 조지나가 돈을 구하니, 아가야?"

'올 것이 왔구나.' 토비가 언젠가 사고를 쳐도 칠 거라는 걸 알고 있었다. 그게 바로 오늘이라니. 이제 토비는 엄마한테 윌리와 카멜라 아줌마와 그 모든 이야기를 미주알고주알 고해바칠 것이다. 그러니 앞으로 벌어진 사단에 대비해 마음을 단단히 먹어야 했다. 나는 이글이글 타오르는 눈빛으로 토비를 쏘아봤지만, 녀석은 내 쪽을 쳐다보지도 않았다. 오히려 천진난만한 목소리로 이렇게 재잘거렸다.

"나도 몰라요, 그냥 우리가 좋은 방법을 찾아낼지도 모르잖아요."

엄마가 풋, 하고 웃었다.

"그러면 참 좋겠다, 그치?"

"그래, 토비. 혹시라도 길에서 백만 달러를 줍게 되면 우리한테 꼭 알려줘야 돼, 알았냐?"

엄마가 나를 쏘아보았지만, 토비는 씩 웃으며 "알았어"라고 대답했다.

저녁 식사를 마친 후, 우리는 또다시 차를 타고 거리를 배회했다. 오늘 밤 차를 주차해둘 장소를 찾아야 했기 때문이다. 차는 쿨럭쿨럭 이상한 소리를 내며 달리다 갑자기 요동을 치기도 하고 제멋대로 멈추기도 했다. 하지만 엄마는 전혀 눈치 못 챈 척 묵묵히 운전만 했다.

오늘 밤 우리가 묵을 곳은 모텔 식스 주차장이었다. 그곳에도 카멜라 아줌마의 전단지가 붙어 있었다. 느닷없이 아까 먹은 콘비프가 배 속에서 느글거렸다. 나는 자동차 뒷좌석에 누워서 몸을 동그랗게 말았다. 그리고 두 눈을 꼭 감은 채 잠든 척했다.

시간이 얼마나 지났을까, 마침내 엄마와 토비가 잠이 들었다. 그제야 나는 '개를 훔치는 완벽한 방법'이 적힌 노트를 꺼내 모든 내용을 주욱 읽어보았다. '이제 무슨 일이 생기는지 인내심을 갖고 기다려보도록 한다'라고 적힌 부분이 눈에 들어오자, 나는 색연필을 꺼내 주변의 여백에 온통 조그만 꽃과 하트를 가득 그려 넣었다. 그리고 하늘색 색연필로 또 한 번 그 문장을 적었다.

무슨 일이 생기는지 인내심을 갖고 기다려보도록 한다.

나는 눈을 들어 창밖의 모텔 식스를 살펴보았다. 로비에서 한 남자가 텔레비전을 보면서 커피를 홀짝이고 있었다. 정문 밖에 세워진 자동판매기가 주차장을 향해 깜빡이는 빨간 불빛을 내뿜었다.

저곳에 방을 잡고 들어갈 수 있다면 얼마나 좋을까. 제발, 딱 하룻밤만이라도. 그러면 제대로 된 침대에서 몸을 쭉 뻗고 잘 수 있을 텐데. 제대로 된 욕조에서 시원하게 목욕할 수도 있을 텐데. 제대로 된 사람들처럼 행동할 수 있을 텐데. 내일은 학교에 안 가는 날이니까, 하루 종일 텔레비전이나 보면서 뒹굴 수 있을 텐데. 하지만 이미 엄마가 안 된다고 못을 박은 터였다.

나는 토비를 돌아다봤다. 머리를 차 문에 기댄 채 몸을 잔뜩 웅크리고 잠들어 있었다. 아직 녀석에게는 무키 아저씨 이야기를 하지 않았다. 얘기해봤자 완전히 겁에 질려서 안달복달할 게 뻔했다. 낯선 사람하고는 얘기도 하면 안 돼, 엄마한테 죽을지도 몰라, 등등 얼마나 칭얼거릴지 안 봐도 훤했다. 사실 녀석이 틀린 것은 아니다. 하지만 우리한테는 선택의 여지가 없지 않은가? 윌리를 간단히 기억에서 지워버릴 수도 없는 노릇 아닌가? 우리는 윌리에게 먹을 것을 주고 잘 돌봐줘야 했다.

어쩌면 지금쯤 무키 아저씨는 가버리고 없을지도 모른다. 그러면 토비는 아저씨가 거기에 있었다는 사실조차 모르고 지나갈 것이다.

나는 노트를 가방 안쪽으로 쑤욱 집어넣었다. 그런 다음 시트 위에 누워 눈을 감았다. 오늘 밤은 굳이 무키 아저씨 일을 걱정할 필요가 없다. 그건 내일 걱정해도 늦지 않으리라.

"좋아, 토비. 정신 바짝 차리고 들어."

나는 녀석의 어깨를 꽉 쥐고 두 눈을 똑바로 쳐다보았다. 정말 내 말에 귀 기울이라는 뜻으로, 잡은 어깨를 살짝 흔들기까지 했다.

"저기 집 뒤쪽에, 어떤 아저씨 하나가 윌리랑 같이 있어."

나는 집 방향으로 머리를 홱 돌렸다.

토비의 눈이 휘둥그레졌다.

"누가?"

"그 아저씨 이름은 무키야."

"무키?"

나는 고개를 끄덕였다.

"그런데 괜찮아. 나쁜 사람은 아니야. 윌리한테 정어리도 줬다구."

"그 아저씨가 거기서 뭘 하는데?"

"그냥, 그러니까, 거기에 사는 셈이랄까, 그런 것 같아."

토비는 잔뜩 긴장한 눈초리로 집 쪽을 바라보았다.

"어떻게 들어갔대?"

"안에 들어간 게 아니야. 밖에서 먹고 자고 한대. 윌리가 있는 뒷베란다에서."

"그러니까, 부랑자란 얘기야?"

나는 토비의 어깨에서 손을 떼지 않고 내 얼굴을 똑바로 보게 했다.

"잘 들어, 아마 벌써 딴 데로 가버리고 없을 거야. 만에하나 아직 아저씨가 있다고 해도, 절대로 겁먹지 마. 알았지?"

"으응."

나는 토비의 어깨에서 손을 내리고 집을 향해 걸어가기 시작했다. 그때 토비가 내 티셔츠를 붙들었다.

"누나, 잠깐만. 그런데 누나는 무키라는 아저씨를 어

떻게 알았어?"

그러더니 발을 쿵 하고 구르면서 화난 표정을 지었다.

"나 없이 혼자 여기 왔던 거야?"

"그럴 수밖에 없었어."

"언제?"

"어제."

"어제라구?"

나는 녀석의 어깨를 팔로 감싸 안고 약간 흔들었다.

"이것 봐, 토비. 그냥 아무 생각 없이 온 거야. 꼭 윌리를 봐야만 했거든. 정말 미안해. 이제 됐니?"

토비는 입을 삐쭉거리며 자기 발끝만 쳐다봤다. 나는 녀석을 또 한 번 흔들었다.

"괜찮은 거지?"

"알았어."

들릴락 말락 하는 목소리로 녀석이 마지못해 대답했다. 나는 토비에게 다짐했다.

"다시는 안 그럴게."

"새끼손가락 걸고 약속해."

나는 새끼손가락을 녀석에게 쑥 내밀었다.

"응, 약속해."

우리는 새끼손가락을 걸고 흔든 뒤, 함께 집 쪽으로 향했다. 제발 무키 아저씨가 없기를, 나는 속으로 열심히 빌었다.

집 모퉁이를 돌기도 전에 윌리의 반갑게 짖는 소리가 들려왔다.

"나야, 윌리, 조지나 누나야."

토비도 내 뒤에서 소리쳤다.

"여기 토비도 왔어!"

모퉁이를 돌자마자 내 눈에 들어온 건 파란색 방수천이었다. 그 아래에, 무키 아저씨가 침낭을 깔고 길게 누워 있었다. 깍지 낀 손을 배 위에 올려놓고서, 모자로 얼굴을 덮은 채로.

베란다 계단 위에서 윌리가 온몸을 흔들어대며 왕왕 짖어댔다. 우리에게 인사를 하는 것이다.

그러나 무키 아저씨는 꿈쩍도 하지 않았다.

"아저씨."

나는 부드러운 목소리로 아저씨를 불러보았다.

아저씨는 움직이지 않았다.

"무키 아저씨!"

나는 조금 더 큰 소리로 외쳤다.

그래도 아저씨는 미동도 하지 않았다.

"죽은 거야?"

토비가 귓속말로 속삭였다.

그 순간이었다. 아저씨가 끄응, 하는 소리를 내더니 벌떡 일어나 앉았다. 그 바람에 아저씨의 모자가 땅 위로 풀썩 떨어졌다. 우리는 깜짝 놀라서 서로의 손을 꽉 움켜쥐었다. 무키 아저씨가 손바닥으로 자기 가슴을 탁탁 치더니 이번에는 침낭을 탁탁 털었다.

"나한테서 구더기라도 나올 줄 알았냐? 엄청 겁먹은 표정이네?"

"윌리 주려고 먹을 걸 가져왔어요."

나는 종이 봉지를 허공에 대고 흔들어 보였다.

그러자 무키 아저씨가 모자를 집어 들며 말했다.

"나랑 녀석이랑 벌써 간 푸딩을 먹었는걸."

"그게 뭐예요?"

내가 코를 찡그리며 묻자 아저씨가 손바닥으로 배를 문질렀다.

"간 푸딩 말이냐? 맛있는 거야. 그렇지, 윌리? …… 그나저나 이 녀석, 취향이 꽤 고급이던데."

윌리가 베란다 계단에 앉아서 앞발을 척 하고 들어 올

렸다.

아저씨가 킥킥대며 장난치듯 웃더니 토비를 턱으로 가리키며 물었다.

"쟨 누구냐?"

"제 동생이에요. 이름은 토비구요."

아저씨는 자리에서 벌떡 일어나 손가락이 세 개뿐인 손을 토비에게 불쑥 내밀었다. 아차, 토비에게 미리 얘기해주는 걸 깜빡했다. 그러나 토비는 놀랍게도 평소처럼 겁에 질린 아기 흉내를 내는 대신 의연하게 행동했다. 녀석은 무키 아저씨의 손을 잡고 악수했다. 없어진 손가락은 보지도 못했다는 듯이.

"너희 집주인은 정말 창피한 줄 알아야 돼, 그렇지 않냐?"

아저씨가 토비에게 말했다.

토비는 나를 한 번 돌아보더니, 다시 아저씨를 보고 침착하게 대답했다.

"네, 정말 그래요."

안도의 물결이 밀려드는 듯했다. 토비가 여느 때처럼 멍청한 말을 지껄이지 않다니, 정말 다행이었다.

"둘 다 요 귀여운 강아지가 엄청 보고 싶을 거야. 내 말이 맞지?"

"네, 엄청 보고 싶어요."

토비가 고개를 끄덕였다.

"네, 아저씨. 정말 그래요."

무키 아저씨는 침낭을 둘둘 말아서 자전거 뒤의 바구니에 넣었다.

"그래도 이 녀석 곁에서 자는 건 꽤 힘든 일이야, 그렇지 않니?"

나는 윌리를 내려다보았다. 녀석과 나의 시선이 마주쳤다. 예쁘게 빛나는 까만 두 눈. 녀석은 내가 뭐라고 답할지 몹시 궁금하다는 듯 눈썹을 추켜올렸다. 나는 어깨를 으쓱하며 대답했다.

"가끔은요."

무키 아저씨는 셔츠 자락으로 플라스틱 컵을 쓱쓱 닦고는 헝겊 가방 안에 넣었다.

"이 녀석, 항상 그렇게 코를 고냐?"

"항상 그렇진 않아요."

아저씨는 큭큭대더니 몇 가지 물건을 더 챙겨서 가방 안에 넣고서, 가방째로 바구니 속 침낭 옆에 쑤셔 넣었다.

"어디 가시게요(제발, 가라, 가)?"

"응."

'앗싸!' 나는 속으로 쾌재를 불렀다. 이제야 다음 계획에만 집중할 수 있게 되겠군.

아저씨는 자전거를 끌고 집 밖 숲길을 따라갔다.

"저건 어떡해요?"

나는 파란 방수천을 손으로 가리켰다.

"아, 금방 돌아올 거야."

나와 토비는 아저씨가 집 모퉁이를 돌아 사라질 때까지 멍하니 바라보고만 있었다. 몇 초 후, 자전거 바퀴와 자갈이 부딪히는 경쾌한 소리가 숲속에 울려 퍼지더니 점차 아스라해졌다.

"저 아저씨, 부랑자야?"

"나도 몰라."

나는 계단에 앉아 월리 옆에 종이 봉지를 내려놓았다. 녀석은 봉지 속에 주둥이를 깊이 밀어 넣고 뒤지다가 베이글 한 덩이를 꺼내어 한입에 삼켜버렸다.

"틀림없어. 부랑자야."

나는 토비의 말을 한 귀로 흘려들으면서 가만히 월리의 머리를 쓰다듬었다. 월리는 남은 음식 부스러기를 먹어 치우느라 여념이 없었다(딱 하나, 토마토 조각은 먹지

않았다. 냄새를 맡아보더니 '킁' 하고 재채기를 하고서는 입도
대지 않았다).

"누나 생각은 어때? 부랑자 같아?"

토비가 집요하게 물었다. 짜증이 솟구쳐 올랐다.

"내가 어떻게 알아?"

"저 아저씨 싫어. 냄새나."

"너는 안 나는 줄 알아?"

나는 버럭 소리를 질렀다. 윌리가 펄쩍 놀라며 내 무릎
에서 뛰어내렸다. 녀석은 내가 머리라도 쥐어박을 줄 알
았는지 슬금슬금 뒷걸음질을 쳤다.

"누나도 마찬가지야!"

토비도 지지 않고 맞받아쳤다.

나는 왜 토비한테 이렇게 못되게 구는 걸까? 토비한테
상처 주면 내 기분이 좀 나아질 줄 알았나보다. 그렇지만
기분은 더 나빠지기만 했다.

"윌리 데리고 산책이나 하자."

나는 힘없이 말했다.

다음 날, 엄마는 강제로 토비를 커피숍까지 데려갔다.
주방 옆 구석 자리에 꼼짝 말고 앉아서 숙제를 하라고 했

다. 토비는 울며불며 싫다고 애원했지만, 엄마에게는 어림도 없었다.

그렇게 나는 완전히 자유의 몸이 되었다. 그제야 누구에게도 신경 쓰지 않고 이런저런 일들을 고민해볼 수 있게 됐다. 우선은 카멜라 아줌마네 집으로 가야 했다. 아줌마가 동생에게 돈을 빌리는 데 성공했는지 알아봐야 하니까.

나는 위트모어 가의 인도를 따라 발걸음을 재게 놀렸다. 밤사이 온 세상이 환하게 꽃을 피운 것 같았다. 연분홍색 진달래. 새하얀 말채나무꽃. 어디선가 클로버의 향긋한 냄새도 흘러 들어왔다. 당장이라도 신발을 벗고 부드러운 초록색 잔디밭을 맨발로 걷고 싶은 충동에 휩싸였다. 그러나 갈 길이 급해서 한눈을 팔 수 없었다.

드디어 카멜라 아줌마네 집에 도착했다. 나는 대문 밖에서 기다렸다. 앞뜰에는 정적이 흘렀다. 모이통 근처에는 새 한 마리 보이지 않았다. 잠깐 동안 나는 시간을 되돌릴 수 있었으면 하고 간절히 바랐다. 윌리가 다람쥐를 쫓아 집 모퉁이를 돌아 나왔던 바로 그날로 돌아갈 수만 있다면. 내가 저질러버린 짓을 저지르기 전으로 돌아갈 수 있다면. 그러나 그것은 이룰 수 없는 바람이었다. 나는 복잡한 생각을 뒤로하고 집 쪽으로 발걸음을 옮겼다. 현관 베란다로 올라가 문을 똑똑 두드렸다.

"누구세요?"

안에서 아줌마의 목소리가 들렸다.

"저예요. 조지나요."

아줌마가 뒤뚱뒤뚱 걸어와 쌕쌕 가쁜 숨소리를 내며 현관 빗장을 열었다.

"안녕하세요."

"안녕, 왔구나."

나는 안으로 들어가서 고개를 숙인 채 물어보았다.

"윌리를 봤다고 연락한 사람은 없었나요?"

아줌마는 힘없이 고개를 가로젓고는 낡은 의자 위에 무너지듯 내려앉았다. 텔레비전이 켜져 있었지만 소리는 나지 않았다. 홈쇼핑 프로그램인 듯, 여자 몇 명이 가짜 다이아몬드가 박힌 크기만 커다란 반지를 광고하고 있었다. 여자 한 명이 반지를 낀 손가락을 흔들어 보였다. 가짜 다이아몬드가 카메라를 향해 번쩍번쩍 빛을 발했다.

"아줌마 동생은요?"

아줌마는 또 고개를 저었다.

"이제 내가 뭘 할 수 있겠니?"

아줌마의 목소리가 놀랍도록 담담해서 왠지 조금 무서워졌다.

나는 아줌마 앞쪽에 놓여 있는 스툴 의자에 앉았다.

"아줌마 동생은 뭐라고 해요?"

"돈이 없다는구나. 하지만 난 알아. 개한텐 돈이 있다구."

아줌마는 손으로 코를 쓱 닦더니 텔레비전만 뚫어져라 노려보았다.

"나보고 불쌍하대. 그깟 개 한 마리 때문에 이렇게 난리법석을 피우는 게."

"그럼 이제 어떡하죠?"

"그냥 내가 감당할 수 있는 만큼만 가지고 어떻게든 해 보려고 생각 중이야."

"그게 얼마인데요?"

카멜라 아줌마는 무겁게 한숨을 내쉬었다.

"글쎄, 나도 잘 모르겠구나. 한 15달러 정도?"

가슴이 턱 막혔다.

"하지만 전단지에는 죄다 500달러라고 쓰셨잖아요?"

"나도 알아. 어쩌면……. 월리를 찾아주는 사람이라면 돈 같은 건 상관없다고 할지도 모르잖니. 나라면 그럴 거야, 너라도 그렇지 않겠니?"

나는 어깨를 으쓱했다.

"음, 글쎄요, 아마 그렇겠죠. 제 말은, 꼭 그렇다기보다는, 하지만……."

내 입에서 말이 한 마디 한 마디 튀어나올 때마다, 나 스스로 구덩이를 파고 있다는 생각을 떨칠 수 없었다. 당장 멈추지 않으면 너무 깊이 들어가서 다시는 올라오지 못할 것 같았다.

우리 둘 다 아무 말 없이 텔레비전에 시선을 고정시켰다. 아까 그 여자가 이번에는 빛나는 금목걸이를 카메라 앞에 대고 흔들어대고 있었다. 새빨간 립스틱을 바른 그녀의 입술이 부지런히 움직였다. 나는 멍하니 앉아서 그녀가 뭐라고 말하는지 알아듣는 데만 생각을 집중했다. 그러나 머릿속이 너무 복잡했다. 그녀의 입술은 목걸이가 얼마나 훌륭한지 설명하는 대신, 나를 향해 이렇게 말하는 것만 같았다. '조지나 헤이즈, 도대체 너 지금 뭘 하고 있는 거니? 정신이 나갔구나. 지금 당장 그 조그만 개를 집에 데려다놓지 못하겠니?'

나는 카멜라 아줌마를 쳐다보았다. 가슴 한구석이 찌르르 아파왔다. 진짜 지금 난 뭘 하고 있는 걸까? 그런데 그 순간, 아줌마가 내 쪽으로 몸을 숙이더니 "부탁 하나만 들어줄래?"라고 넌지시 말했다.

"말씀만 하세요."

"토비랑 같이 저기 고속도로 건너편의 나무숲 속을 살펴봐주련?"

"숲속이요?"

"저기 저쪽에 말이야."

아줌마는 고속도로를 향해 팔을 쭉 뻗었다. 자갈길이 있는 쪽, 낡은 옛집이 있는 곳이었다.

"어쩜 내가 못 말리는 미친 아줌마라고 생각할지도 모르겠구나. 하지만 간혹 저쪽에서 윌리가 짖는 소리를 들은 것 같단 말이야."

쿵. 또 한 번 심장이 내려앉았다.

"저, 정말요?"

"어제 저쪽 근처를 한번 돌아봤어. 하지만 너랑 토비도 그쪽을 살펴볼 수 있을 것 같더라고."

"네에."

"물론, 이 집에서도 윌리가 돌아다니는 환청이 들려. 그래서 다시 생각해보면 말이야, 그냥 이 늙은 몸뚱어리가 나를 갖고 장난을 치는 것 같기도 해."

"토비는 엄마가 일하시는 커피숍에서 숙제를 하고 있어요. 그러니 제가 가서 둘러볼게요."

아줌마가 환하게 미소를 지었다.

"정말 고맙구나. 너희 둘 다 나를 위해 이렇게까지 신경을 써주다니."

"아니에요, 괜찮아요."

나는 어깨를 으쓱하며 현관문 쪽으로 몸을 돌렸다.

"음, 그리고요, 만약에 우리가 정말 윌리를 찾게 되면, 거티 아줌마가 마음을 바꾸고 우리한테 500달러를 주실지도 모르잖아요."

아줌마의 얼굴에서 웃음기가 싹 가셨다. 아줌마는 내가 하늘이 보라색으로 변했다고 말하기라도 한 듯 황당한 표정을 지었다.

"그게 무슨 말이니?"

"아니, 그게 말이에요, 으음, 제 말은…… 그러니까, 사례금 같은 거요……."

"아아."

카멜라 아줌마는 고개를 푹 떨구고 셔츠 단추를 만지작거렸다.

"아줌마는, 너랑 토비가 이 아줌마를 돕고 싶어서 그러는 줄 알았는데?"

"맞아요, 그러니까, 정말로 도와드리고 싶어요. 그냥 제 생각에……."

나는 허둥거렸다. 그때 아줌마가 조용히 입을 열었다.

"물론 최선을 다해 너희들의 호의에 보답하마. 뭐라도 할 거야."

그러나 이렇게 말하는 카멜라 아줌마의 볼이 살짝 떨렸다. 어쩐지 나를 보지 않으려 했다.

이런 젠장! 한 번 더 깊은 구덩이를 파버렸다. 그 구덩이는 시간이 지날수록 점점 더 깊어지기만 했다.

옛집에 가보니 무키 아저씨가 돌아와 있었다. 처음에는 덤불 옆에 기대어 선 아저씨의 자전거가 눈에 들어왔다. 그다음으로는 뭔가 요리하는 냄새가 콧속을 파고들었다.

모퉁이를 돌아가자 아저씨가 고개를 돌렸다.

"어이, 왔구나."

"안녕하세요."

나는 곧장 윌리한테로 가서 미리 챙겨 온 베이컨을 던져 주었다.

"마침 잘 가져왔네. 이 녀석이 내 후버 고기 수프를 뚫어저라 쳐다보던걸. 그걸 다 먹어 치운 후에는 날 잡아먹을 기세였다니까."

흘끗 보니 아저씨가 자갈로 화덕을 만들어놓고 불을 피워 뭔가를 끓이는 중이었다. 냄비 안에 멀건 회색 액체가 모락모락 김을 내며 끓어올랐다.

"저게 도대체 뭐예요?"

"후버 수프. 너도 좀 먹을래?"

"됐어요."

아저씨는 그 정체 모를 액체에 빵 조각을 푹 담갔다가 입에 쏙 넣었다. 우웩.

"토비는 어디 가고?"

"엄마랑 숙제하는 중이에요."

"너는 숙제 없냐?"

"조금 있어요. 그래도 토비처럼 누가 도와줘야 될 정도는 아니에요. 걘 그리 똑똑하지 못하거든요."

나는 계단에 앉아 윌리를 무릎에 올려놓았다. 윌리 등에 털이 좀 뭉쳐 있기에 살살 뜯어냈다.

무키 아저씨는 빵을 또 한 덩이 뜯어내 멀건 육즙에 흠뻑 적셨다.

"똑똑한 거랑 학교 성적은 별개다. 나만 해도, 6학년 과정을 채 못 마쳤거든."

아저씨는 축축한 빵을 입에 집어넣고는 "그래도 이 아저씬 꽤 똑똑해"라고 덧붙이며 손가락을 쪽쪽 빨았다.

"어디 그뿐인 줄 아냐? 학교란 건 말이다, 카누에 덮개를 다는 것만큼 쓸데없는 곳이야."

"학교에 안 가면 일도 할 수 없어요."

"누가 그러디?"

"다들 그래요."

"나는 평생 하루도 안 빼고 일했어."

"어디서요?"

"모든 곳에서."

"그러니까 모든 곳 어디요?"

"모든 곳이라니까."

아저씨는 똑같은 말만 반복했다.

나는 얼굴을 찡그린 채 윌리를 내려다보면서 녀석의 촉촉하고 매끈매끈한 코끝을 손가락 끝으로 살짝 간질였다. 무키 아저씨는 제정신이 아니야. 대체 나는 왜 이 사람이랑 말을 섞고 있는 거지?

"그렇다면 어째서 이렇게 부랑자처럼 살아요?"

말은 당돌하게 했지만 왠지 모르게 얼굴이 화끈 달아

올랐다.

이 말은 하지 말 걸 그랬나?

하지만 무키 아저씨는 껄껄 너털웃음을 터뜨렸다.

"아저씨는 일한다고 했지, 돈을 받는다고 하진 않았다."

"공짜로 일한다고요?"

"가끔은."

아저씨는 냄비를 화덕 밖으로 꺼내고는 흙으로 불을 덮어버렸다.

"어떻게 그럴 수 있어요?"

아저씨는 빵 봉지 끝을 오므려 묶은 다음, 둘둘 말린 침낭에 등을 기댔다.

"안 될 이유라도 있을까?"

"그럼, 어떤 일을 하는데요?"

"해결해야 하는 일이 생길 때마다."

아저씨의 대답은 거침이 없었다.

"지붕을 고치는 일이라든가. 페인트칠이라든가. 도랑을 파는 일도 있고. 이래 봬도 트랙터 엔진까지 고친다구."

아저씨는 손가락이 세 개인 손을 들어 눈앞에서 흔들

었다.

"다 공짜로요?"

"어쩔 땐 그렇고, 또 어쩔 땐 아니고."

아저씨는 셔츠 주머니에서 이쑤시개를 하나 꺼내 입술 끝에 끼워 넣었다.

"하지만, 그런 일을 왜 공짜로 해주는데요?"

"왜냐면 말이다, 때로는 나한테 돈이 필요한 것보다 그런 일을 해결하는 게 더 급하거든."

헛소리야, 라고 생각했지만 그 말은 입 밖에 꺼내진 않았다. 어쨌든 그에게 돈이 아예 없는 것 같진 않았다.

무키 아저씨는 야구 모자를 벗고 마구 헝클어진 머리를 벅벅 긁었다.

"그리고 말이야, 이 아저씨한테는 신조라는 게 있어. 그게 뭔지 알려주랴?"

나는 흥, 하는 표정으로 어깨를 으쓱했다.

"때로는 뒤에 남긴 삶의 자취가 앞에 놓인 길보다 더 중요한 법이라는 거다. 너한테도 신조가 있냐?"

"아뇨."

아저씨는 손가락을 육즙 속에 푹 담갔다. 그러더니 윌리를 돌아보며 말했다.

"다 됐다, 꼬맹아. 이제 좀 식었네. 네가 먹어도 되겠어."

아저씨는 냄비를 계단 쪽으로 밀었다. 윌리가 허겁지겁 내려와 육즙에 코를 담갔다. 윌리는 냄비 바닥에 붙어 있는 끈적끈적한 분말 덩어리까지 깨끗하게 핥아먹었다.

갑자기 아저씨가 내 등을 툭 쳤다. 나는 멍하니 윌리를 구경하고 있다가 화들짝 놀라서 아저씨를 쳐다봤다. 그러자 그가 천연덕스럽게 물었다.

"그래, 너희 엄마는 아직도 새로 살 집을 못 구하신 게냐?"

"아직이요. 그래도 노력하고는 계세요."

나는 퉁명스럽게 대답했다.

"있잖아, 그런데 오늘 아저씨가 좀 이상한 걸 봤거든? 개를 찾는 전단지였는데, 생긴 게 꼭 네 개 같더라구."

그 말을 듣자마자 심장이 땅으로 쿵 내려앉았다.

"윌리처럼 생겼다고요?"

아저씨가 고개를 끄덕거렸다.

"그래."

나는 차마 아저씨의 얼굴을 볼 수 없었다.

"더 이상한 게 있는데, 궁금하지 않냐?"

나는 침을 꿀꺽 삼키고 간신히 대답했다.

"뭔……데요?"

"그 개의 이름도 윌리더라구. 거참 신기하지?"

아저씨는 번쩍이는 금색 앞니를 드러내며 씨익 웃었다.

나는 아직도 냄비를 핥느라 정신이 없는 윌리를 바라보았다.

"그러네요."

간신히 대답했지만, 착 가라앉은 데다 마구 떨리는 목소리가 튀어나와 더더욱 심장이 내려앉는 것 같았다.

무키 아저씨는 이쑤시개를 꺼내 다시 입술 반대쪽에 끼워 넣고 질겅질겅 씹었다.

나는 바닥에 시선을 꽂은 채 신발 끝으로 하염없이 원만 그렸다. 내가 그런 생각을 하게 될 줄은 꿈에도 몰랐지만, 그 순간만큼은 정말이지 낡은 똥차로 당장 달려가서 뒷좌석에 몸을 던진 채 베개를 끌어안고 얼굴을 묻고 싶었다.

"저, 이만 가볼게요."

중얼대듯 말하고, 나는 서둘러 윌리의 머리를 톡톡 만져주면서 "잘 있어" 하고 작별 인사를 했다.

집 모퉁이를 향해 걸어가는 내내, 내 뒤통수에 꽂힌 무키 아저씨의 시선을 느낄 수 있었다. 모퉁이를 막 돌아가려는 찰나, 아저씨가 큰 소리로 나를 불렀다.

"어이, 조지나……."

발걸음이 딱 멈췄다.

"아저씨한테 신조가 하나 더 있는데 듣고 싶냐?"

그러고는 내게 대답할 틈도 주지 않고 말을 이었다.

"때로는 말이야, 휘저으면 휘저을수록 더 고약한 냄새가 나는 법이라고―."

나는 귓가를 울리는 아저씨의 말을 애써 흘려들으며 몸을 돌려 서둘러 그곳을 떠났다.

차에 도착하자마자, 보라색 노트를 꺼내 들었다. 몸을 웅크린 채 두 발을 계기판에 기댔다. '개를 훔치는 완벽한 방법' 페이지를 펼치고, 연필을 들었다.

4월 25일. 제7단계.

나는 눈을 들어 창밖을 바라보며 연필 끝으로 이를 톡, 톡, 톡, 쳤다. 그런 다음 다시 노트에 이렇게 썼다.

꼭 기억하라.

    그런 후 또 한 번 창밖을 바라봤다가, 다시 노트로 시선을 돌렸다. '꼭 기억하라' 아래에 네모를 그렸다. 그리고 네모 안에 이렇게 썼다.

때로는, 휘저으면 휘저을수록
더 고약한 냄새가 나는 법이다.

    그리고 노트를 덮었다. 나는 뒷좌석으로 기어가서, 베개를 꼭 끌어안고, 엄마와 토비를 기다렸다.

어쩐지 운수가 된통 꼬일 것 같았다. 체육관에서 커비 프라이스가 나더러 '넝마주이'라고 놀렸다. 그 말을 듣고 모두가 깔깔대고 웃었을 때(그 속엔 루앤도 있었다. 내가 봤다) 나는 이미 '운 나쁜 날'이라고 생각하고 있었다. 나중엔 상황이 더 나빠졌다. 그날 밤 엄마가 일을 마치고 돌아왔을 때, 차가 움직이지 않았던 것이다. 엄마가 열쇠를 돌렸지만, 딸깍 소리만 날 뿐, 시동이 걸리지 않았다.

　"참 내, 잘됐네. 아주 자알됐어."

　엄마가 주먹으로 운전대를 쾅 내리쳤다.

나와 토비는 서로를 쳐다봤다. 이럴 땐 아무 말도 하지 않는 게 좋다는 것을 우리 둘 다 잘 알고 있었다.

엄마가 다시 한번 열쇠를 돌렸다.

딸깍.

엄마는 등받이에 머리를 쿵쿵 박으며 나지막이 욕설을 내뱉었다.

토비가 쿡, 하고 웃음을 터뜨렸다. 나는 녀석을 힘껏 찌르며 조용히 하라는 눈짓을 보냈다.

"안 그래도 비참한 인생, 아주 골로 가는구나."

엄마는 체념한 듯 자리에 앉아 창밖 건너편의 중국 음식점을 멍하니 바라보았다.

한 가족이 문을 열고 나왔다. '진짜' 가족 말이다. 엄마, 아빠, 두 아이. 그들은 각자의 포춘 쿠키를 부숴 자기의 운을 큰 소리로 읽으며 도로에 세워둔 자기들의 차를 향해 걸어갔다. 네 명 모두 환한 미소를 머금은 채 끊임없이 재잘거렸다. 세상에서 가장 행복한 삶을 누리는 이들의 모습이었다. 그들의 차가 우리 옆을 지나쳐 갔다. 그때도 그들은 마냥 웃고 있었다. 안에 사람이 있는데도 차가 움직이지 않는 걸 전혀 이상하게 여기지 않았다. 아니, 아예 우리 쪽은 쳐다보지도 않았다. 내가 저 아이들 중 한 명이라면 얼마나 좋을까? 포춘 쿠키를 부숴 먹으며, 가족들과 함께 신나게 웃고 있는 아이들.

엄마가 또 한 번 열쇠를 돌렸다. 딸깍.

나는 창밖을 물끄러미 바라보며 제발 차가 움직여주길 기도했다. 그러다가 믿을 수 없는 광경을 발견했다. 무키 아저씨였다! 자전거를 타고 우리 쪽을 향해 오고 있었다.

나는 재빨리 몸을 숙이고는 토비에게도 빨리 숙이라고 재촉했다. 너무도 당연하게, 녀석은 "아, 뭐야?"라고 짜증을 내며 그 자리에 꼿꼿이 앉아 있었다. 나는 녀석의 티셔츠를 잡아 거칠게 아래로 끌어내렸다.

살짝 고개를 들어 창문 밖을 살펴봤다. 무키 아저씨가 차 옆을 그대로 지나쳐 모퉁이를 돌아 유유히 사라지고 있었다.

엄마가 또 열쇠를 돌렸다. 딸깍.

나는 허리를 폈다. 그리고 더 이상 참지 못하고 대담하게 말해버렸다.

"이제 어떡해요, 우리?"

그리고 곧바로 숨을 딱 멈췄다. 제발 엄마가 소리 지르지 않길 기도하면서. 낮에 넝마주이라고 놀림받은 것만으로도 충분하니까⋯⋯.

엄마는 머리를 세차게 흔들고는 이마를 덮은 앞머리를 훅, 불어 넘겼다.

그러고는 또 한 번 열쇠를 돌렸다. 딸깍.

"아무래도 오늘 밤은 여기서 자야겠다."

나는 주위를 둘러보았다. 지나가는 사람들이 다 쳐다볼 만한 장소였다. 중국 음식점, 퀵키 마트, 셰브런 주유소.

"누가 보면 어쩌려고요?"

그러나 엄마는 내 말을 무시해버렸다.

"둘 다 저기 주유소에 가서 좀 씻어라. 나는 퀵키 마트에 가서 먹을 걸 좀 사 오마."

엄마는 그 길로 차 문을 열고 길을 건넜다. 엄마의 청바지가 바닥에 질질 끌렸다.

"누가 보면 어떡하느냐고요!"

나는 창문을 열고 외쳤다. 그러나 엄마는 뒤도 돌아보지 않았다.

다음 날 아침, 엄마는 커피숍까지 걸어갔다. 그리고 친구인 팻시 아줌마에게 우리를 학교에 데려다달라고 부탁했다. 팻시 아줌마가 우리 차 옆에 자기 차를 세우고 차창을 내린 후 "얘들아, 여기로 와"라고 말했을 때, 나는 진심으로 콱 죽어버리고 싶었다.

머리 꼭대기에 새 둥지라도 얹은 듯 우스꽝스럽게 올린 머리. 추하게 반짝거리는 귀걸이. 커다란 빨간 입술 사이에 대롱대롱 매달린 담배. 우리 것보다 더 낡은 팻시 아줌마의 차 뒤꽁무니에는 수십 개의 광고 스티커가 덕지덕지 붙어 있었다. '빗자루도 내 애마' '예수님을 사랑한다면 경적을 울리세요' 이딴 것들.

나는 뒷좌석에 올라타 최대한 몸을 푹 숙였다. '제발 부탁이에요. 아무도 절 못 보게 해주세요.' 나는 간절히 기도했다. '특히 커비 프라이스 눈에는 절대 띄어선 안 돼요.'

학교에 거의 도착했을 무렵, 팻시 아줌마가 말했다.

"오, 저기 좀 봐!"

나와 토비는 아줌마가 가리킨 곳으로 고개를 돌렸다.

무키 아저씨였다. 녹슨 자전거 페달을 열심히 밟으며 길옆에 바짝 붙어선 채로 달리고 있었다. 자전거 뒤에 매달린 성조기가 바람에 살랑살랑 흔들렸다.

"저 남자는 이 동네 여기저기서 보이네. 참 행복해 보이는 사람이야."

나는 다시 몸을 웅크리고 얼굴을 반대편으로 돌려버렸

다. 저 아저씨는 왜 이 동네를 배회하는 걸까? 제발 좀 영원히 떠나버렸음 좋겠다.

"저 낡아빠진 자전거 한 대만 가지고도 저렇게 행복해할 수 있다는 게 상상이 되니?"

팻시 아줌마는 아저씨 곁을 지나칠 때 차창 밖으로 손을 뻗어 흔들며 그에게 인사를 건넸다.

"안녕하세요?"

무키 아저씨가 모자 끝을 살짝 기울였다.

학교가 끝난 뒤, 토비와 나는 차가 있는 곳을 향해 터벅터벅 걸었다. 가도 가도 끝이 없는 것 같았다. 게다가 토비 녀석은 끊임없이 투덜거리면서 내 옷자락을 잡아끌었다.

"좀 기다려 봐, 누나."

그다음에는 계속 "언제 월리를 카멜라 아줌마한테 돌려줄 거야? 언제?" 하고 쫑알댔다.

나는 녀석의 말을 못 들은 척했다. 이윽고 녀석이 내 가방을 탁 붙잡고 나를 멈춰 세웠다.

"내 말 안 들려? 언제 월리를 카멜라 아줌마한테 돌려보낼 거냐고!"

나는 몸을 홱 돌려 녀석을 노려보았다.

"나도 몰라, 토비. 이제 됐냐?"

나는 다시 걷기 시작했다. 토비가 종종걸음을 치며 내 곁으로 다가왔다.

"아줌마가 얼마나 찾는데. 누나도 알잖아."

"그래, 알아."

"분명히 윌리도 집에 가고 싶을 거야."

"알아."

"어쩌면 지금쯤 카멜라 아줌마한테 돈이 생겼을지도 몰라. 아줌마 동생이 돈을 줬을 거야."

나는 걸음을 멈췄다.

"야, 똑똑히 들어. 어떻게 해서든 방법을 찾아내야 해. 개를 훔치려고 별의별 짓을 다 했으니까, 이제 돈을 받아내야 한다구. 내 말이 틀려?"

토비는 어깨를 움츠렸다.

"아니, 뭐……."

"아니, 뭐? 그게 무슨 뜻이야? 처음부터 우리가 이 지경까지 된 게 다 뭣 때문인데? 다 돈 때문이었잖아!"

"이 지경이라니?"

나는 몸을 돌려 다시 걷기 시작했지만, 토비가 내 팔

을 붙잡았다.

"이 지경이 뭔데, 누나? 무슨 문제라도 있는 거야?"

"아니야, 문제 따위 없어."

"그럼 왜 이 지경이라고 하는 거야?"

"야, 토비."

나는 화를 억누르며 천천히 말했다.

"카멜라 아줌마는 돈을 빌리지 못할 거야. 그런데 지금 윌리를 데려다주면, 우린 땡전 한 푼 못 받게 된다구. 하지만 한참 더 기다려보면, 글쎄, 나도 잘 모르지만……."

"한참 더 기다려도 어떻게 될지 모르잖아? 누나, 혹시 카멜라 아줌마가 경찰한테 연락하는 거 아냐?"

"그러진 않을 거야."

"하지만 아줌마가 경찰을 부르면?"

"그래서?"

"그러면, 우리가 잡혀갈지도 모르잖아. 애를 납치했으니까."

"그런 게 아냐. …… 뭐 어쨌든…… 그리고 애가 아니라 개를 납치한 거지."

녀석의 얼굴이 일그러졌다. 금방이라도 울음을 터뜨릴 기세였다.

"우리, 감옥에 끌려가면 어떡해?"

녀석이 울먹였다.

"그만해, 토비. '개 납치'라는 말은 사전에도 없어."

하지만 가슴이 두근거렸다. 내가 상상도 못 한 것을 토비 녀석이 먼저 생각해내기 시작했으니까, 그것도 무서운 생각을. 어쩌면 정말로 우리는 개 납치범인지도 모른다. 어쩌면 정말로 감옥에 끌려갈지도 모른다. 나는 우유팩에 윌리의 얼굴을 그렸다. 고개를 빳빳이 들고 귀를 쫑긋 세운 모습이었다. "저를 보신 적이 있나요?"라고 말하는 것 같은 표정. 카멜라 아줌마가 생각났다. 작은 식탁에 앉아 시리얼을 먹으면서, 흐뭇한 눈길로 윌리를 어루만지는 모습.

"그리고 윌리는 어떡해? 걔 생각도 해줘야지. 누구보다도 속상한 건 그 녀석이야."

토비의 목소리가 내 상상을 방해했다.

"이제 그만해, 토비."

안 그래도 나는 그대로 바닥을 뚫고 가라앉을 것만 같았다. 토비 때문에 더 추락하고 싶지는 않았다.

잭슨 로드를 따라서 차에 도착할 때까지, 우리 둘 다 더 이상 그 이야기를 꺼내지 않았다. 토비 혼자 길바닥에

서 뭔가를 발견하고는 "누나, 이것 좀 봐"라며 천진난만하게 쫑알대기 시작했다. 25센트짜리 동전 하나. 담배꽁초 하나. 몽당연필 하나.

그때, 차가 주차된 곳 근처에서 '개를 찾습니다'라고 쓰인 전단지를 발견했다. 윌리의 귀엽고 작은 얼굴이 우리를 향해 미소 짓고 있었다. 그 앞을 지나칠 때 두 눈을 질끈 감아버렸지만, 여전히 나를 바라보는 녀석의 시선이 느껴졌다.

드디어 우리 차가 보였다. 토비는 날듯이 앞으로 돌진했다.

"누나, 이것 좀 봐."

토비의 손가락이 가리키는 쪽을 향해 고개를 숙였다. 모래가 수북한 길가에 반짝이는 동전 하나가 살포시 놓여 있었다. 그리고 그 옆에, 뭔가가 또 있었다. 모래에 난 자국.

타이어 자국이었다.

자전거 타이어 자국 말이다.

그러나 토비는 그것을 못 본 모양이었다. 그저 동전이 금덩이라도 되는 양 소중하게 집어 들고는 헤헤거리기에 바빴다.

나는 신발로 모래를 쓱쓱 문질러 타이어 자국을 없애버렸다. 그런 다음, 차 문을 열고 뒷좌석으로 기어 들어갔다.

토비와 나는 오후 내내 차 안에서 지냈다. 그레이엄 크래커와 젤리를 씹어 먹고 공포 영화 흉내를 내며 놀았다. 토비가 언제 윌리를 카멜라 아줌마한테 데려다줄 거냐고 계속 물었지만, 나는 대꾸도 하지 않았다. 토비가 미치고 팔짝 뛸 정도로 답답해한다는 건 알았지만 어쩔 수 없었다. 너무너무 싫었으니까. 윌리와 카멜라 아줌마에 관한 이야기라면 입도 뻥끗하기 싫었다. 그들에 대해서는 생각조차 하기 싫었다. 그저 날 이 지경까지 몰고 온 사람이 바로 나라는 생각만 하며, 아주 끔찍한 기분에 사로잡혀 있었다. 그리고 지금까지 내가 그 모든 것을 엉망진창으로 휘저어버렸기 때문에, 그것도 너무도 많이 휘저어버렸기 때문에, 이제 고약한 냄새를 풍기기 시작하는 것만 같았다.

토비가 잠자리에 들고 내가 막 산수 숙제를 마쳤을 때, 엄마가 돌아왔다.

"얘들아, 엄마 왔다."

엄마는 자동차 시트에 가방을 휙 던지고는 내게 블루베리 머핀을 건넸다.

"엄마가 시킨 대로 학교 끝나고 지금까지 여기 있었어요."

나는 머핀을 감싼 종이를 벗겨내고 빵을 한 입 베어 물었다. 약간 말라서 푸석푸석했지만, 맛은 꽤 좋았다.

"힘들었겠네. 엄마도 알아, 조지나. 앞으론 좀 더 나아질 거라고 약속할게."

'네에, 어련하시겠어요. 어디서 많이 들어본 말이네요.'

그러나 나는 그 말을 목구멍 안쪽으로 꿀꺽 삼키고 이렇게 물어보았다.

"아직도 돈이 부족해요?"

엄마가 한숨을 쉬었다.

"흠, 이 망할 놈의 차가 말썽을 부리기 전까진 정말 다 잘되고 있었는데. 옛말이 틀린 게 없구나. 엎친 데 덮친다는 말."

"이제 우리는 어떻게 되는 거예요?"

엄마는 가방을 뒤적이더니 차 열쇠를 꺼냈다.

"차를 싸게 고쳐줄 만한 사람을 찾는 중이야. 내일 팻시 아줌마 조카가 와서 한번 보겠다는구나."

그러면서 엄마는 열쇠를 구멍에 꽂고 시험 삼아 한 번 더 돌렸다. 그런데 세상에! 이번에는, 어젯밤 내내 들었던 딸깍 소리 대신 윙윙 하는 소리가 나더니 이윽고 부릉 부릉, 시동이 걸리는 게 아닌가!

엄마가 고개를 젖히고 나를 향해 방긋 미소를 날렸다.

"걸렸다!"

나는 허공에 주먹을 날리며 "앗싸아!" 하고 환성을 질렀다. 엄마도 두 손을 맞잡고 천장을 향해 기도하듯 소리쳤다.

"할렐루야! 감사합니다!"

그때 토비가 부스스 일어나 눈을 비볐다.

"무슨 일이야? 차가 움직이는 거야?"

나와 엄마는 녀석을 보며 동시에 고개를 끄덕였다. 우리 셋은 손뼉을 마주치며 힘차게 하이파이브를 했다.

엄마가 기어를 넣자 차가 천천히 거리를 빠져나갔다.

"행운이 도망가서 이 물건이 또 멈춰버리기 전에, 얼른 오늘 밤 지낼 곳을 찾아보자꾸나."

우리는 차를 타고 다비 거리를 돌아다녔다. 엄마는 콧노래를 흥얼거리고, 토비는 꾸벅꾸벅 졸고, 나는 뒤죽박죽 엉킨 생각들과 씨름했다.

처음엔 윌리 생각이 났다. 카멜라 아줌마 곁에서 편안하게 몸을 말고 있어야 할 윌리는, 지금 썩어가는 낡은 베란다에 묶여 있다. 그다음은 카멜라 아줌마. 애지중지하는 개를 못 견디게 그리워하는 아줌마. 그 뒤에는 무키 아저씨. 안 그래도 복잡한데 이 아저씨는 왜 자꾸 튀어나오는 걸까? 그 이유는 나도 몰랐다. 그러나 길가의 자전거 바퀴 자국과 갑자기 움직이기 시작한 똥차를 떠올리자 그냥 나도 모르게 무키 아저씨가 생각났다. 아무리 봐도 그는 정신 나간 아저씨일 뿐이다. 하지만 가끔씩, 겉모습과 달리 멀쩡하게 보이기도 한다.

우리는 어둡고 한적한 거리에서 밤을 보냈다. 위트모어 가에서 멀지 않은 곳이라 그런지, 카멜라 아줌마가 머리에서 떠나지 않아 밤새 잠을 이루기 어려웠다. 침대에 누워 뒤척이는 아줌마의 모습이 눈앞에 보이는 듯했다. 카멜라 아줌마는, 밤에도 몇 번씩이고 일어나 윌리가 돌아올 경우를 대비해 살짝 열어둔 현관문 쪽을 살피겠지. 손전등을 켜고 거리로 나가서 하염없이 휘파람을 불며 녀석의 이름을 부를지도 몰라. 또다시 고속도로 건너편 숲속에서 들리는 윌리의 목소리를 따라 차를 몰고 갈지도 몰라. 가는 동안에도 차창을 열고 녀석의 이름을 목청껏 부를 거야. 그러다가 혼자 쓸쓸히 집으로 돌아와 소파에 몸을 묻겠지. 녀석의 이빨 자국이 선연한 장난감을 무릎 위에 올려놓은 채.

내 마음속 눈은 어느덧 낡은 집을 더듬고 있었다. 무너지기 일보 직전의 더럽기 짝이 없는 뒷베란다에서 몸을 잔뜩 웅크린 조그만 윌리가 보였다⋯⋯. 나는 자리에서 일어나 창밖으로 시선을 던졌다. 나방 몇 마리가 근처 가로등 불빛 주위를 어지럽게 날아다녔다. 공기가 인동초

향기처럼 달콤했다. 근처에 시내가 있는지 졸졸졸 물 흐르는 소리가 들렸다. 이따금 황소개구리가 둔탁한 울음소리를 냈다.

그런 소리들을 가만히 듣고 있으려니, 루앤과 함께 그애의 집 뒤뜰에서 야영을 하던 때가 떠올랐다. 텐트 지붕에 손전등을 매달아 놓고 서로의 비밀을 이야기했었는데…… 어떤 남자애를 좋아하는지, 결혼을 하면 아이를 몇 명이나 낳고 싶은지, 그런저런 얘기들.

그때 루앤은 지금까지 저지른 가장 나쁜 짓도 서로 털어놓자고 했었다. 자기는 엄마가 스웨터를 짜주셨는데 너무 마음에 안 들어서 몰래 쓰레기통에 버리고, 엄마에게는 학교 버스에 놓고 내렸다고 둘러댔다고 했다.

다음은 내 차례였다. 나는 학교 책상에 나쁜 욕을 썼던 일을 고백했다. 선생님이 그걸 보고 나를 야단치려 했는데, 나는 에밀리 마캄이 그랬다고 거짓말했었다. 에밀리는 억울하다고 울며불며 난리를 치다가 급기야 천식이 도져서 집으로 돌아가야 했다.

그랬다. 그게 내가 저지른 가장 나쁜 짓이었다.

하지만 이제는 아니다. 지금 루앤과 내가 야영을 하면서 서로의 비밀을 공유한다면, 나는 개를 훔쳤다고 고백할 것이다. 그러면 그 애가 날 어떻게 생각할까?

어느덧 내 생각은 꿈나라로 흘러들었다. 차창 밖 어딘가에서 흐르는 시냇물 소리, 바위를 돌아 어두운 숲속을 향해 구불구불 흐르는 그 물소리만이 나를 달래주는 유일한 자장가였다.

다음 날, 수업이 끝나자마자 곧장 카멜라 아줌마의 집으로 향했다. 토비는 커피숍에서 철자 시험 공부를 해야 했다. 엄마는 내가 루앤과 리자와 다른 여자애들과 함께 소프트볼 연습을 하는 줄 알고 계셨다. 엄마한테 거짓말 하는 건 나쁜 짓이지만, 어쩔 수 없었다. 카멜라 아줌마가 돈을 마련했는지 알아보는 게 더 급했다.

현관 베란다로 다가갔을 때, 안에서 카멜라 아줌마의 악쓰는 소리가 들려왔다.

"그래, 너 잘났어. 거티, 아주 고마워 죽을 지경이야!"

곧이어 수화기를 내려놓는 소리. 아주 세게, 쾅.

"아줌마?"

나는 현관문에 얼굴을 대고 아줌마를 불러보았다. 아줌마가 발을 질질 끌며 거실을 왔다 갔다 하는 소리가 들렸다.

"저예요, 조지나예요."

나는 현관문 틈으로 어두운 거실을 들여다보려 애썼다. 카멜라 아줌마가 서 있었다. 두 팔은 힘없이 축 늘어져 있었고 마구 헝클어진 머리카락이 얼굴을 덮고 있었다.

"카멜라 아줌마?"

아줌마는 아주 천천히 고개를 돌려 내 쪽을 바라보았다. 새빨갛게 달아오른 얼굴은 눈물과 콧물 범벅이었다.

나는 현관문을 열고 머리를 들이밀었다.

"저 들어가도 돼요?"

아줌마는 말없이 고개를 끄덕였다.

나는 조심스럽게 발을 들여놓았다. 집 안 공기가 말할 수 없이 텁텁했다.

"무슨 일이에요?"

아줌마는 무거운 발걸음을 옮겨 끄응, 하는 신음 소리와 함께 안락의자 위로 털썩 주저앉았다. 땀에 흠뻑 젖은 머리카락이 얼룩진 두 뺨에 찰싹 달라붙어 있었다.

"일을 일찍 끝내고 서둘러 집으로 돌아왔어. 거티한테 전화를 하려고. ……진작 알아봤어야 했는데. 그 애는 나한테 땡전 한 푼 빌려줄 생각이 없다는 걸 말이다."

"……아아."

"걔가 병원에 있을 때 애들을 봐준 게 누구였더라. 걔 차가 고장 났을 때, 한밤중에도 아랑곳 않고 게이츠빌까 지 달려갔던 게 누구였지? 바로 나였다구. 하지만 그 애 는 아무것도 기억이 안 나나 보다."

아줌마는 탁자 위에 널린 잡동사니 가운데서 잡지 하 나를 집어 들고 부채질을 했다.

"자매란 거, 이런 때는 정말 아무것도 아니구나."

아줌마는 서글프다는 듯 말했다.

"그럼 이제 어떡하실 거예요?"

아줌마는 양손을 높이 들었다가 무릎 위로 툭 떨어뜨 렸다.

"할 수 있는 게 없네. 누군가가 윌리를 집으로 데려와 준다면, 나는 그저…… 어머, 잠깐만."

갑자기 아줌마의 표정이 밝아졌다.

"예?"

"돈을 빌려줄 만한 사람이 생각났어. 네가 오니까 갑자 기 좋은 생각이 나는구나."

"그게 누군데요?"

"헤이우드 삼촌."

아줌마는 의자에서 벌떡 일어나 책상 쪽으로 걸어갔

다. 서랍에서 낡은 수첩을 꺼내 팔락팔락 책장을 넘겼다.

"여기 있다!"

아줌마가 손가락으로 수첩의 어느 페이지를 쿡 눌렀다.

"헤이우드 삼촌. 전화해봐야지."

아줌마는 당장 행동에 돌입했다. 헤이우드 삼촌에게 전화를 걸어 안타까운 이야기를 모조리 털어놓았다. 나는 통화 내용을 한 마디도 놓치고 싶지 않았다. 그러나 안 듣는 척 엿들으려다 보니 통화 내용이 어떻게 돌아가는지 전혀 짐작할 수 없었다. 마지막에 아줌마는 "네, 삼촌" 하고 "아니에요" 한 뒤 "예, 그럴게요"라고 말하고 전화를 끊었다.

수화기를 내려놓은 아줌마는 나를 돌아보며 방긋 웃었다. 그리고 두 손을 들어 손뼉을 딱 쳤다.

"돈을 빌려주신대요?"

"응, 빌려주신대. 이제 누군가가 윌리를 찾아서 집으로 데려오기만을 바라면 되겠네. 열심히 기도해야지."

카멜라 아줌마는 얼굴에 달라붙은 젖은 머리카락을 뒤로 넘겼다.

그러나 한순간 아줌마의 얼굴이 어두워졌다. 환한 미소가 사라지고 두 눈썹이 한군데로 그러모아졌다.

"그런데 그 애가 무사할까?"

"누구요?"

"윌리. 윌리가 무사히 잘 지내고 있을 것 같니?"

"그럼요."

나는 확신에 찬 어조로 대답했다.

"정말?"

끄덕끄덕.

아줌마는 창밖을 넘겨다보았다.

"네 말이 맞았으면 좋겠구나."

"틀림없어요. 지금 이 순간에도 윌리는 집으로 돌아오는 길을 찾으려고 애쓰고 있을 거예요."

아줌마의 시선은 창밖에 고정돼 있었다.

"도대체 어디에 있을까, 그 애는."

얼굴이 화끈거렸다. 아줌마가 나를 보고 있지 않은 게 천만다행이었다.

"틀림없이 그 애는, 으음, 그러니까, 아마도……."

"그 애가 겁을 먹지 않았으면 좋겠구나."

아줌마가 내 말을 가로막았다.

나는 고개를 힘껏 흔들었다.

"아니에요, 전혀 겁먹지 않았어요. 그러니까 제 말은,

분명히 그럴 거라고요."

"있잖아, 내가 전에도 말했지만, 윌리를 돌려받을 수만 있다면 100만 달러도 아깝지 않아. 나한테 100만 달러가 있다면 정말, 한 푼도 남김없이 다 줄 거야."

나는 먼지가 뽀얗게 쌓인 나무 바닥을 물끄러미 내려다보았다.

"혹시 저기 길 건너편 숲속엔 가봤니?"

아줌마가 턱으로 창 너머를 가리켰다.

"어, 네에. 잠깐 동안이요. 그러니까, 토비랑 같이 저쪽을 좀 살펴봤지만……."

나는 약간 자신 없는 말투로 대답했다.

"그 애 이름을 불렀니? 휘파람도 불고?"

"으음, 그럼요, 그랬어요. 계속 불렀는데……."

"조지나."

카멜라 아줌마가 내 어깨 위에 다정하게 손을 얹었다.

"그 애를 찾아만 준다면, 500달러건 뭐건 네가 원하는 대로 다 주마."

나는 고개를 끄덕였지만 아무 말도 할 수 없었다. "아줌마, 윌리가 어디 있는지 알아요"라고 말할 기회가 있다면, 바로 그 순간뿐이었다. 나는 분명히 알고 있었다.

하지만 도무지 입이 떨어지질 않았다. 지금의 내 침묵은 상황만 더 휘저어놓을 뿐이었다. 그리고 휘저으면 휘저을수록, 더 고약한 냄새가 나는 법이다.

나는 그것 역시 알고 있었다.

학교 양호실에 누워서 얼룩덜룩한 천장에 시
선을 집중시켰다. 뒤틀리는 배 속을 진정시키고 싶었다.
이번만큼은 담임선생님께 거짓말할 필요가 없었다. 정말
로 배가 아팠다. 어제 카멜라 아줌마네 집에서 나올 때부
터 계속 그랬다.

어제 나는 아줌마 집에서 나와 낡은 집으로 가는 대신
곧장 우리 차로 돌아왔다. 월리를 돌봐야 했지만, 그러지
않았다. 이번에도 무키 아저씨가 월리에게 간 푸딩을 나
눠 줬을지 모른다고 생각했던 것 같다, 아마도.

엄마와 토비가 돌아왔을 때, 나는 숙제를 하는 척했다.

그러나 사실은 빈 종이에 똑같은 단어를 계속 쓰고 있는 중이었다.

윌리윌리윌리윌리윌리윌리윌리윌리

나중에 엄마가 쿨쿨 잠들어버린 다음에도, 나는 어제 알아낸 사실을 토비에게 말하지 않았다. 드디어 카멜라 아줌마가 헤이우드 삼촌에게서 사례금을 빌렸다는 소식을. 이제 윌리를 돌려주고 돈을 챙길 때라는 말도 하지 않았다. 그런 말들은 쥐어짜는 듯 쓰라린 배 속에 잠자코 넣어두었다.

토비마저 잠에 빠져든 후에야, 나는 '개를 훔치는 완벽한 방법' 노트를 꺼냈다. '제1단계: 개를 찾는다'에서부터 '제7단계'까지, 휘젓느니 냄새나느니 하는 부분까지, 모든 내용을 빠짐없이 읽어 내렸다.

페이지를 넘겨 아무것도 없는 백지 위에 오늘 날짜를 적었다. 4월 28일. 그리고 이렇게 덧붙였다.

제8단계: 원한다면, 개를 주인에게 돌려준 뒤 사례금
은 필요 없다고 말할 수 있다. 그러기로 결

정할 경우, 다음과 같은 일이 생길 것이다.

1. 주인이 매우 기뻐하며 헤이우드 삼촌에게 빌린 돈을 갚을 것이다.

2. 개도 무척 행복해할 것이다. 형편없는 베란다가 아닌, 자신의 원래 집으로 돌아갈 수 있기 때문이다.

3. 나도 행복할 것이다. 더 이상 개를 훔쳤다는 죄책감에 시달리지 않아도 되기 때문이다. 비록 앞으로도 쭉 차 안에서 생활해야 하겠지만.

4. 휘젓기를 멈추면, 고약한 냄새도 멈출 것이다.

아니면,

계획했던 대로 개를 돌려주고 사례금을 받을 수 있다.

계획대로 하는 것,
내가 선택해야 할 결정은 바로 이것이다.

나는 페이지 여백에 조그만 동물 발바닥 모양을 잔뜩 그려놓고는 노트를 덮어버렸다.

그리고 지금은 양호실에 누워 아픈 배를 부여잡고 천

장 타일만 노려보고 있다.

수업이 끝났음을 알리는 종이 울렸다. 나는 양호선생님에게 이제 별로 아프지 않다고 말했다(사실은 여전히 많이 아팠지만). 양호실에서 나와 1층 로비로 가는 내내 앞에서 거치적거리는 아이들을 무작정 밀쳐버렸다. 건물 밖에서 토비를 만났다. 우리는 함께 낡은 옛집으로 향했다.

그 집에 도착할 때까지 토비 녀석은 쉬지 않고 지껄여댔다. 볼펜으로 산수 문제를 풀다가 선생님한테 혼났다느니, 애들 몇 명이 생쥐를 풀어놓았는데 난방기 밑으로 숨어버렸다느니 같은 시답잖은 이야기들이었다. 늘 그렇듯이 녀석은 한참 뒤로 처졌다. 하지만 나는 녀석을 무시하고 서둘러 내 갈 길만 갔다. 빨리 윌리한테 가야 했다. 윌리에게 달려가 꼭 안아줘야 했다. 그러면 아픈 배가 씻은 듯이 나을 것 같았다.

자갈길에 들어섰을 때, 문득 무키 아저씨 생각이 났다. 아저씨가 가버리고 없었으면 좋겠다고 생각했다. 그 아저씨랑 정신 나간 대화 따위는 나누고 싶지 않았다. 아저씨 얼굴만 봐도 속이 꼬이니까.

드디어 낡은 집에 도착했다. 나는 가방을 길옆에 내려놓고 덤불을 헤치며 집 뒤편으로 걸어갔다. 모퉁이를 돌자마자 맨 처음 깨달은 것은 무키 아저씨의 파란 방수천이 없어졌다는 사실이었다. 아저씨 침낭이 놓여 있던 곳도 텅 비어 있었다. 까맣게 그을린 장작더미와 빈 탄산수 캔만이 스산하게 나뒹굴고 있었다.

그다음 순간, 나를 덮친 것은 정적이었다. 완벽한 정적. 나를 반기는 윌리의 왈왈 소리가 들리지 않았다. 나는 뒷베란다로 달려가 낡아빠진 방충망을 홱 제쳤고, 바로 그 순간 그 자리에서 영원히 사라졌으면 싶었다.

윌리가 없었다.

나는 미친 사람처럼 좁은 뒤뜰을 돌아다니고, 잡초와 덤불을 밀쳐내고, 목청껏 윌리를 불렀다. 토비는 "왜 그래, 누나? 무슨 일이야?"라고 외치며 나를 쫓아오다가, 느닷없이 "윌리가 없어졌잖아!" 하고 외마디 비명을 질렀다. 나는 "시끄러!" 하고 더 크게 소리 질렀다.

숲이 끝나는 곳까지 샅샅이 뒤지며 목이 쉬도록 윌리를 불렀다. 하지만 연이어 돌아오는 건 고집 세고 비열한 정적뿐이었다. 그 정적이, 내 마음을 아프게 후려쳤다.

나는 서둘러 집 앞길로 돌아갔다. 가시덤불이 옷에 걸리고 팔 이곳저곳이 긁혔지만, 그런 것에 신경 쓸 상황이 아니었다. 그저 정신없이 길을 따라 왔다 갔다 하면서 나무 사이를 살펴보고 윌리의 이름을 외쳐댔다.

한계에 다다라서야 걸음을 멈출 수 있었다. 나는 옆구리를 부여잡고 숨을 몰아쉬었다. 잠시 후 토비가 주먹으로 내 팔을 때렸다.

"윌리가 없잖아!"

녀석이 고래고래 고함을 쳤다.

"다 누나 잘못이야!"

녀석의 눈에 원망 섞인 분노가 어렸다.

"내 잘못이라고?"

"그래!"

토비는 발을 쿵쾅거리며 길을 따라 집 쪽으로 걸어갔다. 나는 녀석을 쫓아가 티셔츠를 붙잡고 늘어졌다.

"무키 아저씨야. 아저씨가 윌리를 데려갔어. 틀림없어."

토비의 얼굴이 일그러졌다.

"무키 아저씨가 윌리를 데려갔다고?"

나는 고개를 끄덕였다.

"무슨 짓이든 저지를 사람이야. 그 아저씬 미쳤어."

"그럼 이제 어떡해?"

나는 길가에 그대로 주저앉아 무릎 사이에 얼굴을 파묻었다. 이제 어떡하지? 아무것도 떠오르지 않았다. 그저 자갈길이 두 쪽으로 갈라져 나를 집어삼켰으면 좋겠다고 생각했다. 그 순간, 숲속 길 안쪽을 울리는 자전거 벨 소리가 나지막하게 들려왔다. 찌링찌링.

고개를 들자, 숨을 쉬기 시작한 이래로 가장 멋진 광경이 눈앞에 펼쳐졌다. 무키 아저씨가 녹슨 자전거 페달을 밟으며 우릴 향해 달려오고 있었다. 그리고 그 옆에, 촐랑대며 신나게 자전거를 따라오는 윌리가 있었다. 목걸이 끈은 자전거 핸들에 묶여 있었다.

나는 벌떡 일어나 냅다 달려갔다.

무키 아저씨가 자전거를 세웠다. 나는 윌리를 두 손으로 번쩍 안아 올려 녀석의 따뜻한 털 속에 얼굴을 묻었다. 잠시 후 배 속에서부터 뜨거운 분노가 부글부글 끓어오르더니 마침내 폭발하고야 말았다.

"왜 윌리를 훔쳐갔어요?"

나는 무키 아저씨를 보며 잡아먹을 듯이 으르렁거렸다.

"윌리를 훔쳐가?"

무키 아저씨의 두 눈썹이 추켜올라갔다.

"뭐, 그렇게 말한다면야. 근데 말이야, 열나게 매운 오크라 수프에는 절대 후추를 치면 안 돼."

"그게 또 뭔 소리예요?"

나는 아저씨를 쏘아보았다. 아저씨랑 정신 나간 대화를 할 기분이 아니었다.

"무슨 소리냐면, 그딴 소리를 내뱉기 전에 입단속부터 잘하라는 뜻이야."

아저씨가 무뚝뚝하게 말했다.

나는 아저씨의 말을 흘려들으며 윌리에게 마구 얼굴을 비볐다. 털에는 온통 진흙이 엉겨 붙어 있었고, 역한 냄새까지 났다.

"궁금할까 봐 미리 말해두는데, 이 아저씨는 분명히 저기 쇼핑센터 근처에 있었거든? 그런데 너희 개가 쫄레쫄레 나를 따라왔다구."

나는 "아아," 하는 감탄사만을 내뱉었다. 하지만 그것으론 부족하다는 것도 잘 알고 있었다. 뭔가 더 말해야 했다. "죄송해요" 같은 말을. 그리고 "이 개 주인은 제가 아니에요"라고 털어놓아야 했다. "제가 이 개를 훔쳤어요. 하지만 이제 돌려주려고 해요"라고 말해야 했다.

나는 간신히 고개를 들어 무키 아저씨를 똑바로 쳐다봤다. 그러나 내 입에서 흘러나온 말은 전혀 다른 종류였다.

"그렇군요. 데려다주셔서 고맙습니다."

속으론 무키 아저씨가 "괜찮다"고 말해주길 바랐지만,

아저씨는 아무 말도 하지 않았다. 그냥 고개만 까딱했을 뿐이다.

그러는 동안 까맣게 잊고 있었던 토비가 갑자기 끼어들었다.

"아저씨, 떠날 거예요?"

아저씨는 또 고개를 까딱했다.

"그래."

아저씨는 윌리의 목걸이 끈을 풀어 나에게 던졌다. 그러고는 자전거를 빙 돌려 페달 위에 한 발을 얹고는, 다른 발로 땅을 구른 후 자전거에 올라탔다. 아저씨는 그렇게 우리에게서 떠나갔다. 흙먼지가 풀풀 날리는 길 위에 구불구불한 타이어 자국을 남기며.

나는 그 순간 깨달았다. 지금껏 무키 아저씨를 잘못 알아도 한참 잘못 알고 있었다는 사실을(뭐, 완전히 잘못 안 것은 아니지만). 그 아저씨는 확실히 제정신이 아니다. 그렇지만 나쁜 사람도 아니다. 게다가 똑똑하다. 그리고 좋은 발자취를 남기는 사람이다.

"무키 아저씨! 아저씨가 우리 차 고쳐주셨어요?"

나는 소리 높여 아저씨를 불렀다.

그러나 아저씨는 뒤도 돌아보지 않고 자전거 페달을 밟

으면서 점점 더 멀어져갔다. 그리고 마지막으로 손가락 세 개뿐인 손을 힘차게 흔들어 보이고는, 커브 길을 돌아 완전히 사라졌다.

갑자기 숲속이 고요해졌다. 그 어느 때보다도 조용한 것 같았다. 새들이 짹짹대는 소리도 들리지 않았다. 나뭇잎이 바스락대는 소리도 나지 않았다. 정적만이 감돌 뿐이었다.

"이제 우린 어떡하지?"

정적을 깬 건 토비였다.

나는 윌리를 쳐다보았다. 윌리도 고개를 들어 나를 보고는, 귀여운 미소를 지었다.

"윌리를 집에 데려다줘야지."

"언제?"

"내일."

"좋았어!"

토비는 불끈 쥔 주먹을 하늘 높이 들어 올렸다.

"그러면 돈도 받을 수 있겠네? 그치, 누나?"

나는 대답하지 않았다. 그저 따뜻하게 윌리를 꼭 안아주기만 했을 뿐이다.

인정해야겠다. 토비는 개 훔치는 일에 꽤 능숙하게 따라주었다. 음식이며 내가 놓친 중요한 것들을 생각해냈다. 목걸이 끈을 찾아낸 것도 녀석이었다. 무엇보다도, 엄마한테 우리가 한 짓을 일러바치는 바보짓을 하지 않았다. 그래서 토비 없이 나 혼자 윌리를 카멜라 아줌마네로 갖다주는 게 양심에 걸렸다. 이 일을 알게 되면, 녀석은 불같이 화를 낼 것이다.

그리고 또 학교를 빼먹고 엄마의 메모를 가져다드리지 않았다간, 담임선생님도 불같이 화를 낼 게 뻔했다. 전에 내게 경고한 대로 교장선생님을 만나러 갈 게 분명했다.

가서 나에 대한 얘기를 하겠지. 요즘 내 학교생활이 얼마나 글러먹었는지를 말이다. 담임선생님의 편지에 우리 엄마가 언제부터 답을 하지 않는지를 말이다.

처음에 계획한 대로 하지 않으면 앞으로 무슨 일이 닥칠지, 나는 잘 알고 있었다. 그래도 상관없었다. 나는 마음먹은 대로 행동할 작정이었다.

토비가 자기 교실에 있는 걸 확인한 다음, 나는 얼른 학교를 빠져나와 낡은 집을 향해 한달음에 달려갔다. 덤불을 헤치며 집 뒤편으로 갈 때는 마음처럼 빨리 갈 수 없어서 애가 탔다.

간절한 마음을 담아 똑같은 말만 되뇌었다.

'제발 윌리, 거기에 있어줘. 윌리, 부탁이야, 그 자리에 있어줘.'

집 모퉁이를 돌자마자 윌리의 울음소리가 귀에 들렸다. 내가 온 것을 알아채고 행복하게 낑낑거리는 소리였다.

"윌리, 나 왔어."

나는 곧장 베란다 위로 올라가 작은 친구를 불렀다. 윌리가 찢어진 방충망 틈으로 머리를 내밀고 온몸을 흔들어댔다.

나는 계단에 걸터앉았다. 녀석이 방충망 틈으로 잽싸

게 몸을 던져 내 무릎 위로 뛰어올랐다.

"잘 있었니, 친구야?"

나는 녀석의 머리 꼭대기를 살살 긁어주며 인사를 건 넸다.

윌리가 내 가방에 코를 대고 킁킁거렸다. 나는 가방 안 에서 땅콩버터 샌드위치를 꺼내어 잘게 잘랐다. 녀석은 샌드위치 조각을 한입에 넣고 제대로 씹지도 않은 채 꿀 꺽 삼켜버렸다.

"집에 갈 준비는 됐겠지?"

윌리가 두 귀를 쫑긋 세우고는 왈왈, 하고 경쾌하게 대 답했다. 녀석, 똑똑하기도 하지.

나는 손잡이에 묶어둔 끈을 풀어 도로로 나 있는 숲길 로 향했다. 그런데 무키 아저씨가 머물던 곳을 지나칠 때, 뜻밖의 물건이 내 시선을 잡아끌었다. 조그만 초록색 개 스카프. 그것이 무키 아저씨가 늘 걸터앉던 통나무 위에 살포시 놓여 있었다. 상당히 눈에 익은 스카프였다.

그 순간 난 발길을 멈출 수밖에 없었다. 심장이 쿵, 하 고 내려앉았다.

나는 스카프를 주워 대롱대롱 매달린 이름표를 눈앞에 갖다 댔다. 그러면 그렇지. 청명한 대낮의 햇빛처럼 명료

한 글씨체.

'윌리.'

이름표를 뒤집어보았다.

카멜라 위트모어

노스캐롤라이나 주 다비,

위트모어 가 27번지

부끄러웠다. 엄청난 수치심이 물밀듯 밀려왔다. 무키 아저씨가 이 초록색 스카프를 찾아낸 것이다. 아저씨는 윌리에 관한 진실을 알고 있었다. 나에 대한 진실도 알고 있었다.

나는 윌리를 가만히 내려다보았다. 나를 쳐다보는 녀석의 눈빛은 내 마음까지도 훤히 꿰뚫어보는 듯했다.

"윌리, 무키 아저씨가 우리 일을 알고 있었네."

윌리는 낑낑 콧소리를 내며 꼬리를 살랑살랑 흔들었다.

"그런데 왜 나한테 그렇게 잘해줬을까?"

나는 혼잣말처럼 중얼거렸다.

윌리는 주둥이로 내 다리를 문질렀다.

나는 초록색 스카프를 녀석의 목에 둘러주고는, 밝은

목소리로 말했다.

"따라와, 윌리. 집에 가는 거야."

위트모어 가 어귀에 도착하자, 윌리는 나를 앞질러 갔다. 앞에서 하도 잡아끌어서 목에 매단 줄이 끊어질까 걱정될 정도였다. 나도 알고 있었다. 녀석이 얼마나 이 거리를 달리고 싶어 하는지. 부지런히 달려, 대문을 지나고, 현관 베란다 계단을 뛰어올라, 개구멍을 통과해, 곧장 카멜라 아줌마의 무릎 위에 폴짝 올라타고 싶겠지. 하지만 나는 그렇게 서두를 수 없었다. 거리에 우리를 볼 만한 사람이 아무도 없어야 했으니까.

"기다려, 윌리."

나는 윌리를 멈춰 세운 다음 눈을 가늘게 뜨고 도로 위를 살펴보았다. 모든 집의 앞뜰과 차량 진입로도 일일이 확인했다. 그런 다음 재빨리 말했다.

"윌리, 이제 됐어. 가자!"

나는 최대한 빠른 걸음으로 카멜라 아줌마네 집으로 향했다. 윌리는 익숙한 울타리가 보이자 극도로 흥분하면서 이리저리 펄펄 뛰고 난리법석을 피웠다.

나는 울타리를 따라 살금살금 걸어갔다. 두 손으로 목

걸이 끈을 단단히 쥐었다. 윌리가 갑자기 튀어나가는 바람에 줄을 놓쳐버리면 낭패일 테니까. 나는 카멜라 아줌마가 집에 없기를 바랐지만, 대문에 도착하고 보니 앞뜰에 아줌마 차가 주차돼 있는 게 보였다. 나는 윌리의 목걸이에서 끈을 풀어냈다. 녀석의 털북숭이 얼굴을 두 손으로 어루만지면서 녀석의 코와 내 코를 비볐다. 마지막에스키모식 인사였다.

빗장을 들어 올리고 대문을 열었다. 그리고 윌리를 놓아주었다. 녀석은 총알같이 앞뜰을 지나쳐 계단을 오르고 개구멍 속으로 쏙 들어가버렸다.

우두커니 윌리를 바라보다가, 녀석이 완전히 사라지고 나서야 몸을 돌려 잰걸음으로 길을 돌아 나왔다. 그러나 카멜라 아줌마네 집에서 조금씩 멀어질수록, 내 발걸음도 조금씩 무거워졌다. 길모퉁이에 다다랐을 때는, 다리에 시멘트 벽돌을 매단 것처럼 더 이상 걸을 수가 없었다. 억지로 한 걸음 한 걸음 힘겹게 발을 딛다가 한 발짝도 움직일 수 없는 지경이 됐을 때 드디어 걸음을 멈췄다.

'왜 그래? 도대체 뭐가 문제야, 조지나? 멈추지 마. 누가 보기 전에 얼른 여길 벗어나라구.'

나는 나 자신을 나무랐다.

하지만 어쩔 수 없었다. 지금껏 내 발을 움직이게 한 이성을, 내 가슴이 이겨버린 것이다. 내 가슴이 발걸음을 돌리게 만들었다. 또다시 카멜라 아줌마네 집으로 향하게 만들었다.

나는 대문 밖을 서성였다. 현관문 틈으로 라디오 음악이 흘러나왔다. 그 순간 내가 무엇보다도 간절히 원했던 것은 그곳에서 그냥 사라져버리는 것이었다. 위트모어가를 떠나 다시는 돌아오지 않는 것. 월리나 카멜라 아줌마를 한 번도 본 적 없는 것처럼 살아가는 것.

그러나 나는 그러지 못했다.

깊이 심호흡을 하고 한 손을 가슴 위에 얹었다. 손끝에 빠르고 강하게 뛰는 심장박동이 느껴졌다. 나는 대문을 열고, 시멘트를 얹은 듯 무거운 발걸음을 옮겨 카멜라 아줌마네 현관문으로 향했다.

"아줌마."

나는 아줌마를 가만히 불렀다.

"조지나!"

문틈에서 아줌마의 반가운 외침이 들렸다.

아줌마는 월리를 데리고 현관문 쪽으로 다가왔다. 녀석이 온몸을 흔들며 아줌마의 얼굴을 여기저기 핥아대고 있었다.

"이것 보렴! 윌리가 돌아왔어!"

아줌마의 두 눈에서 눈물이 흘러내렸다. 아줌마의 표정은 더없이 행복해 보였다.

"글쎄 이 녀석이, 개구멍으로 쏙 들어오더니 주방으로 곧장 달려가는 게 아니겠니. 언제 집을 나갔느냐는 듯이 말이야!"

아줌마는 윌리의 코에 쪽, 하고 뽀뽀를 했다.

"정말 믿을 수 없는 일이지?"

"아니요. 아…… 아니, 그러니까 제 말은, 믿을 수 있어요. 왜냐면, 으음……."

내가 쭈뼛거리고 있자 아줌마가 문을 열어주었다.

"어서 들어와라. 이 녀석 목욕 좀 시켜줘야겠어. 꼴이 말이 아니야. 아니, 먼저 소시지를 좀 구워줘야지."

나는 아줌마를 따라 거실을 지나쳐 주방으로 갔다.

"아줌마……. 저는요, 음, 그게 말이에요, 음……."

하지만 카멜라 아줌마의 귀에는 아무것도 들리지 않는 모양이었다. 경쾌하게 콧노래를 흥얼거리며 조그만 소시지를 프라이팬에 올리는 와중에도 끊임없이 윌리에게 말을 걸었다.

"카멜라 아줌마."

의도했던 것보다 더 큰 목소리가 튀어나왔다. 거의 고함에 가까웠다.

아줌마가 놀란 눈으로 나를 돌아보았다.

"드릴 말씀이 있어요."

아줌마는 프라이팬 뚜껑을 덮고 나를 향해 몸을 돌렸다.

"그래, 말해보렴."

나는 꼬질꼬질한 리놀륨 바닥에 시선을 고정시킨 채 고개조차 들지 못했다. 아줌마가 서 있는 오븐 앞바닥에 월리가 남긴 조그만 진흙 발자국이 여기저기 흩어져 있었다.

"제가 월리를 훔쳤어요."

나는 여전히 고개를 푹 숙인 채 말했다.

갑자기 견디기 힘든 정적이 주방을 덮쳤다. 카멜라 아줌마의 숨소리가 거칠어졌다. 후욱, 후욱, 후욱, 후욱.

마침내 아줌마가 입을 열었다.

"그게 무슨 말이니?"

나는 그제야 고개를 들었다. 아줌마는 포크를 손에 든 채 오븐 앞에 조각처럼 서 있었다. 얼굴이 창백하게 질린 나머지 거뭇거뭇한 반점이 계핏가루처럼 도드라져 보였다. 윌리는 아줌마 옆에 얌전히 앉아 멀뚱멀뚱 아줌마와 소시지를 번갈아 쳐다봤다.

"말 그대로예요. 제가 윌리를 훔쳤어요. 제가 아줌마네 집 뜰에서 이 아이를 데려갔어요."

아줌마는 얼마 동안 싱크대 모서리를 꽉 붙잡고 있더니, 식탁 의자를 빼내어 그 위에 털썩 주저앉았다.

"하지만, 왜?"

그 순간 나는 내 평생 가장 힘겨운 일을 해냈다. 아줌마한테 모든 사실을 털어놓은 것이다. 세 개의 동전 뭉치와 마요네즈 통을 채운 1달러 지폐들 이야기부터, 무키 아저씨가 통나무 위에 윌리의 초록색 스카프를 놓고 떠난 이야기까지, 모조리 말해버렸다.

그런 다음에는 아줌마가 나를 미워하기만을 기다렸다. 그러나…….

아줌마는 손을 뻗어 내 손을 가만히 잡아주었다. 미움이 섞이지 않은 목소리로, 오히려 다정하게 이렇게 말했다.

"힘든 시간을 겪다 보면 어쩔 수 없이 나쁜 짓도 하게 되는 법이지. 그렇지 않니?"

나는 고개를 숙인 채 대답할 말을 찾았다. 하지만 뭐라고 말해야 할지 도무지 알 수가 없었다.

"하지만 그렇다 해도…… 네가 한 짓은 정말 나쁜 거야, 조지나. 그건 변하지 않아."

나는 가만히 고개를 끄덕였다. 여전히 시선을 바닥에 꽂은 채. 긴 머리가 흘러내려 얼굴을 가렸다. 눈물이 새어나와 코끝을 따라 바닥으로 뚝뚝 떨어졌다.

주방 안은 고요했다. 오븐 위에서 소시지가 지글지글 익는 소리, 냉장고 위에 놓인 시계가 째깍째깍 울리는 소리만이 공간을 흐트러뜨릴 뿐이었다.

이윽고 카멜라 아줌마가 의자에서 일어나 오븐을 살펴보러 갔다. 아줌마는 프라이팬에서 소시지를 꺼내어 조각조각 잘랐다. 윌리가 아줌마 발치에서 기분 좋은 신음 소리를 냈다.

째깍, 째깍, 째깍. 시계는 잘도 돌아갔다.

"죄송해요."

째깍, 째깍, 째깍.

카멜라 아줌마는 소시지 조각을 윌리의 밥사발에 떨어뜨렸다. 녀석은 소시지 조각들을 한입에 삼켜버리고는 사발마저 먹어버릴 듯 샅샅이 그릇을 핥았다. 그 바람에 밥사발이 매끈매끈한 바닥을 따라 미끄러졌다.

"그럼 전 이만 가볼게요."

하지만 몸이 움직이지 않았다. 여기저기 금이 간 주방 바닥에 시멘트 다리가 뿌리를 내리기라도 한 듯, 한 발짝도 움직일 수 없었다. 아마도 카멜라 아줌마가 달래주길 기다렸던 것 같다.

하지만 아줌마는 그러지 않았다.

결국 나는 무거운 발을 옮겨 한 발짝 한 발짝 걷기 시작했다. 주방을 나와, 거실을 가로질러, 현관문을 지나, 현관 베란다로 나왔다. 거의 마당 대문에 다다랐을 때, 카멜라 아줌마가 나를 불렀다.

"조지나!"

나는 걸음을 멈추고 돌아섰다.

아줌마는 윌리를 안은 채 현관 베란다에 서 있었다. 녀석이 꼬리를 좌우로 흔들 때마다 탁, 탁, 탁, 하는 소리가 났다.

"내일 토비랑 같이 놀러오지 않을래? 둘이서 윌리를 산책시켜주면 좋겠는데!"

그 말을 듣는 순간, 갑자기 마법이 일어났다. 지금껏 무겁게 어깨를 짓누르고 있던 겹겹의 부끄러움이 훌훌 날아가버리는 듯했다. 내 몸이 가볍게 둥실 떠오르는 것 같았다.

나는 힘차게 고개를 끄덕였다.

"네, 좋아요. 내일 또 올게요!"

그런 다음 대문을 지나쳐 정신없이 길을 따라 달렸다. 다행이야, 정말, 다행이야. 내가 한 일을 토비에게 말해주고 싶어서 입이 근질근질했다. 윌리가 엄청 행복해하고 카멜라 아줌마도 우리를 미워하지 않는다고 말해주면, 녀석도 그렇게 심하게 화를 내지는 않을 것이다. 내일 윌리랑 산책하러 나갈 때, 토비에게 목걸이 줄을 넘겨줘야지. 그러면 녀석도 더 이상 내가 못됐다고 생각하지 않을 거야. 위트모어 가를 벗어나기 직전, 나는 걸음을 멈추고 한 번 더 뒤를 돌아다봤다. 카멜라 아줌마가 아직도 윌리를 안고 베란다에 서 있었다. 다시는 녀석을 내려놓지 않겠다는 듯이.

아줌마가 나를 향해 손을 흔들어주었다.

나도 아줌마에게 손을 흔들었다.

나는 모퉁이를 돌아 고속도로 쪽으로 향했다. 그리고 막 길을 벗어나기 직전, 자신도 모르게 내 발밑을 흘깃 내려다보았다. 길가에 쌓인 모래 위로 자박자박 내 발자국이 찍혀 있었다. 나는 슬며시 미소를 지었다. 무키 아저씨와 아저씨의 신조가 떠올랐다. 살면서 뒤에 남겨놓은 자취가 앞에 놓인 길보다 더 중요할 수 있다는 말.

나는 학교를 향해 힘껏 달리기 시작했다. 학교에 가서 토비를 기다려야 했다.

우리는 낡아빠진 똥차에서 이틀을 더 살았다. 그리고 삼 일째 되는 날, 일을 마치고 돌아온 엄마가 차 문을 열면서 이렇게 소리쳤다.

"신사 숙녀 여러분, 어서 짐을 싸십시오. 우리, 이사 갑니다!"

나와 토비는 어리둥절한 표정으로 서로를 쳐다봤다가, 동시에 다시 엄마를 보면서 두 눈을 깜빡거렸다.

엄마가 초코바 두 개를 뒷좌석으로 툭 던지며 말했다.

"못 들었니? 우리 이사 간다구. 어디로 가느냐고? 집으로 가는 거야. 진짜 집 말이야."

세상에, 맙소사. 나와 토비는 일제히 환호성을 지르며 뒷좌석에서 방방 뛰기 시작했다. 그런 다음 비치타월을 걷어내고 온갖 잡동사니들을 쓰레기봉투에 우겨 넣었다. 너덜너덜한 교과서와 꼬질꼬질한 티셔츠. 놀이용 카드와 만화책까지.

차를 몰고 새집을 향해 가는 동안, 다시 정상적인 삶으로 돌아가게 된다는 생각에 마구 흥분이 됐다. 깨끗한 옷을 입고 깔끔하게 완성한 숙제를 들고 학교에 가는 내 모습이 그려졌다. 엄마가 담임선생님에게 이제 모든 문제가 다 해결됐으니 더 이상 조지나 걱정은 안 하셔도 된다고 이야기하는 모습도. 예전처럼 루앤과 함께 서로의 집에 놀러 가서 밤을 지새우며 발톱에 칠을 하고 비밀 이야기를 나누는 모습도 상상해보았다. '어쩌면 걸스카우트 요리 대회 배지를 함께 만들지도 몰라.' 심지어 새로 산 발레 슈즈를 신고 나만의 침대 위에 사뿐히 앉아 어떤 머리 모양을 해야 발레 학원에서 근사하게 보일지 궁리하는 내 모습까지 생생하게 그려졌다. 물론 발레 학원은 루앤, 리자와 함께 다닐 것이다.

우리의 새집 앞에서 차가 멈췄을 때, 토미와 나는 서로를 향해 씨익 미소 지었다. 작지만 새하얀 집이었다.

붉은 흙이 뒤덮인 마당에 녹슨 그네가 있고, 현관 베란다 위에는 문짝이 떨어져나간 냉장고가 하나 덩그러니 놓여 있었다.

하지만 내 눈엔 으리으리한 궁전처럼 보였다.

루이즈라는 아줌마 한 명이 드루라는 이름의 아기를 데리고 이미 그 집에 들어와 살고 있었다. 루이즈 아줌마는 팻시 아줌마 친구라고 했다. 루이즈 아줌마에겐 집을 같이 쓰면서 드루를 돌봐주고 집세를 보태줄 만한 사람이 필요했다.

비록 나 혼자 쓰는 방을 갖진 못했지만, 드디어 나 혼자 쓰는 침대가 생겼다. 루이즈 아줌마는 내 물건을 넣어둘 수 있도록 플라스틱 세탁 바구니를 주면서, 옷장 위에 올려두면 함부로 열어보지 않겠다고 약속했다.

새집에서 맞이한 첫날 밤, 엄마가 홈메이드 피자를 사 와서 다 함께 둘러앉아 텔레비전을 보며 먹었다. 잠을 청하기 전, 나는 침대에 누워 뽀송뽀송한 이불을 덮고 두 다리를 쭉 뻗어보았다. 열려 있는 조그만 창문으로 부드러운 바람이 불어와 커튼이 살랑살랑 나부꼈다. 나방들이 창문 밖에서 퍼덕이다가 방충망에 부딪혀 즈즈즈 하는 소리를 냈다.

베개 밑에 손을 넣어 반짝이는 내 보라색 노트를 꺼냈다. '개를 훔치는 완벽한 방법' 페이지를 열고, 거실에서 새어 나오는 희미한 불빛에 의지해 '제8단계' 부분을 쭉 읽어보았다. 선택과 결정에 관한 부분. 사례금을 받을 것이냐 받지 않을 것이냐에 관한 부분.

계획대로 하는 것,
내가 선택해야 할 결정은 바로 이것이다.

그 부분을 읽을 때 배시시 웃음이 났다. 노트에 적어놓은 대로 조목조목 따르지는 않았지만, 나는 옳은 결정을 했다. 결국 내 마음이 승리를 거머쥔 것이다.

그렇지만 내가 한 짓에 대한 죄책감이 완전히 없어진 건 아니었다. 여전히 시간을 한참 전으로 되돌리고 싶었다. 그럴 수만 있다면 애초에 내가 나쁜 짓을 하지 않았던 때로.

그러나 나는, 적어도 '제8단계'에서는 옳은 결정을 내렸다. 페이지를 넘겨 아무것도 적혀 있지 않은 종이에 이렇게 썼다.

5월 3일.

제9단계: 지금까지 개를 훔치는 방법에 관한 모든
규칙을 정리해보았다.
그러나

나는 '그러나' 주위에 빨간 하트를 그렸다. 그리고 아주 커다란 글씨로 다음 문장을 적었다.

절대로 개를 훔치면 안 된다.
왜냐하면

'왜냐하면' 주위에는 파란색 동그라미를 쳤다. 그리고 아끼는 금색 색연필을 뽑아 들었다.

누구에게라도 결코 좋은 아이디어가 아니기 때문
이다. ^^
—끝—

나는 페이지를 덮고 노트를 베개 밑에 도로 밀어 넣었다.

나 혼자만 쓰는 침대 위에 누워, 무키 아저씨를 생각했다. 지금 이 순간, 아저씨는 뭘 하고 있을지 궁금했다. 후버 수프를 만들고 있을까? 누군가를 향해 손가락 세 개뿐인 손을 흔들어주고 있을까? 아님, 누군가의 차를 고쳐주고 있을까?

무키 아저씨, 지금은 어디에서 그만의 자취를 남기고 있을까?

윌리도 생각났다. 지금쯤 카멜라 아줌마네 침대 발치에서 편안하게 몸을 말고 쉬고 있겠지? 하도 물어뜯어서 너덜너덜해진 장난감을 옆에 두고 말이야. 정어리랑 간 푸딩이 등장하는 멋진 꿈을 꾸고 있을 거야. 집에 돌아온 것만큼이나 행복한 꿈을.

나는 내 침대 바로 옆, 자기 침대에서 엄지를 물고 잠든 토비를 바라보았다. 그러다가 자리에서 일어나 살금살금 창문으로 다가갔다. 창밖을 가득 채운 까만 밤을 구경하면서 밤공기를 깊이깊이 들이마셨다. 좋은 냄새가 났다. 인동초와 갓 손질한 잔디처럼 싱그러운 향내였다.

그 냄새는, 조금도 고약하지 않았다.

앞으로 펼쳐질 내 인생만큼이나 상쾌하고도 풋풋했다. 살면서 다시는 잃어버리고 싶지 않은 그런 향기였다.

평범한 하루하루가
지상 최대의 소원이었던 소녀,
그리고 누구에게도 말할 수 없는 비밀.

"행복한 가정은 모두 엇비슷하다. 하지만 불행한 가정
은 불행한 이유가 제각기 다르다."

소설 『안나 까레리나』의 첫 구절이다. 어째서 이 책을
작업하는데 저 문장이 생각난 걸까? 분위기도 주제 의식
도 주인공의 성격도 전혀 비슷한 게 없는데. 사실 저 문
장은 나보다는 이 책의 주인공 조지나가 읽고 나서 울컥
눈물을 흘릴 만한 것이다.

하루아침에 아빠가 사라지고, 집세가 없어서 길거리로
쫓겨나고…… 당연하게 누려왔던 평범한 일상이 갑자기
망가졌을 때 초등학생 어린 소녀는 어떤 감정에 휩싸이
게 될까? 절망감, 수치심, 슬픔, 분노? 아마도 이 모든 것

이었을 거다.

그러나 조지나는 그 감정적인 상처를 곱씹을 틈도 없다. 엄마, 철부지 어린 동생 토비와 자동차에서 살기 시작하면서 그녀를 덮친 것은 슬픔보다는 수치심이었고, 아빠가 없다는 공허함보다는 집이 없다는 불편함이었다. 숙제를 제때 해 가지 못하고, 새 옷은 꿈도 못 꾸는 상황에서 조지나는 엄마의 힘든 직장 생활보다는 자신의 학교생활이 더 신경 쓰이고, 친구들의 시선이 더 버겁다.

그 시점에서 이 책은 꽤 특별한 선택을 했다. 우울함에 휩싸여 자기 안으로 파고드는 애어른 대신, 적당히 영리하고 적당히 순수하고 적당히 자기중심적인 주인공을 내세운 것이다. 그럼으로써 벼락같은 상황에 부딪힌 한 소녀의 고군분투기는 자신만의 통통 튀는 생명력을 얻었다.

조지나는 포기할 줄 모른다. 우는 대신 화를 낸다. 체념하는 대신 머리를 굴린다. 떠나버린 아빠를 그리워하는 대신 지금 자신 곁에 있는 엄마와 동생을 위해(그리고 궁극적으로는 자신을 위해) 세상을 향해 씩씩거린다. 그리고 가장 어린 아이다운 발상으로 '세상에서 가장 재기발랄한 집 구하기 프로젝트'를 꾸민다.

분명 절망적인 상황인데도 어찌된 일인지 작업하는

내내 암울함보다는 희망을 느꼈다. 눈시울을 적시는 대신 수없이 키득키득거렸다. 당돌하고 영악한 소녀의 말도 안 되는 음모는 어른의 눈앞에선 어쩔 수 없이 순수한 것이다. 게다가 이제 한 집안의 가장이 돼버린 엄마의 모습은 또 어떤가. '떡 사세요~'를 외치며 눈물겨운 모정을 보여줬던 드라마의 어느 주인공과는 달리, 하늘을 향해 욕도 하고 때때로 아이들에게 벌컥 짜증도 낸다. 하지만 그녀 역시 아이들도, 자신의 삶도, 어느 것 하나 포기하지 않는다. 천진난만한 사고뭉치 동생도 마찬가지다. 다른 사람 앞에서는 가족을 감쌀 줄도 알고, 뭐가 잘못된 일이고, 무엇을 해서는 안 되는 일인지 분명하게 구분해낸다.

이 더없이 의욕적이고, 생생한 캐릭터들의 향연을 보다 보면 불현듯 이런 말이 머릿속에 떠오른다.

"더없이 유쾌하고 사랑스럽다."

심지어 피해자격인 강아지마저 그렇게 사랑스러울 수가 없다. 손가락이 세 개밖에 없는 떠돌이 무키 아저씨도 알고 보면 정감 가는 캐릭터다. 집 없고, 가족 없고, 어린 조지나에게 망설임 없이 "그 입 다물라"고 하는 그조차도 (솔직히 이런 사람과 숲속에서 마주친다면 난 도망가버리고 말았을 거다) 이런 주옥같은 말을 남긴다.

"때론 살아갈 날보다 살아온 날들의 발자취가 더 중요한 법이야." "내게 돈이 필요한 것보다 세상이 내 힘을 필요로 할 때가 더 많으니까."

그리고 그의 가장 사랑스러운 면은 조지나의 '집 구하기 프로젝트의 메인 음모'인 '개 훔치기'를 알고 있음에도 모른 척 지켜봐준다는 것이다. 그는 아이를 몰아세우는 대신 자신의 행동과 말로써 조지나를 일깨워준다.

이 책, 이렇게 따뜻한 사람들의 좌충우돌 이야기는 '가난과 부서진 가족'을 이야기하면서도 결국 아프고 힘들어도 항상 자신과 자신을 둘러싼 상황을 똑바로 바라봐야 한다고 말한다.

삶은 살아온 기억들로 이루어져 있다. 그러니까 앞으로 나아가기 위해서는, 더 아름다운 삶을 만들기 위해선 늘 자신에게 부끄럽지 않은 내가 되어야 하는 것이다. 정말 그렇다, '때로는 살면서 뒤에 남긴 자취가 앞에 놓인 길보다 더 중요한 법'이다.

조지나는 마지막 순간에 이 교훈을 가슴 깊이 깨닫는다. 아무도 자신의 등을 떠밀지 않았고, 아무도 다그치지 않았지만 그녀는 스스로 자신이 벌인 일을 되돌려놓기 위해서 힘든 결정을 한다. 그녀는 갑자기 들이닥친 고난과 고통을, 시행착오를 거듭하면서도 용기와 지혜로 이겨나간다. 나쁜 상황이 꼭 나쁜 마음만을 불러내는 건 아니다. 때로는 성장의 시기를 만들어주기도 한다.

여름에서 가을로 건너가고 있는 계절, 내가 뒤에 남긴 자취는 과연 어떤 모습일지 문득 궁금해진다. 무키 아저씨, 카멜라 아줌마, 윌리와 토비, 그리고 조금 더 성숙해진 조지나와 함께하는 동안 나도 조금은 더 깊은 사람이 되지 않았나, 생각해본다.

신선해

개를 훔치는 완벽한 방법

초판 1쇄 발행 2008년 10월 10일
개정 1판 1쇄 발행 2012년 1월 3일
개정 2판 1쇄 발행 2014년 11월 10일
개정 3판 1쇄 발행 2019년 12월 10일
개정 3판 18쇄 발행 2024년 9월 9일

지은이 바바라 오코너
옮긴이 신선해
펴낸이 김선식

부사장 김은영
콘텐츠사업본부장 임보윤
콘텐츠사업10팀장 김정택 **콘텐츠사업10팀** 이슬, 이나영, 김유리
마케팅본부장 권장규 **마케팅2팀** 이고은, 배한진, 양지환 **채널2팀** 권오권
미디어홍보본부장 정명찬
브랜드관리팀 오수미, 김은지, 이소영, 서가을 **뉴미디어팀** 김민정, 이지은, 홍수경, 변승주
지식교양팀 이수인, 염아라, 석찬미, 김혜원, 박장미, 박주현
편집관리팀 조세현, 김호주, 백설희 **저작권팀** 이슬, 윤제희
재무관리팀 하미선, 윤이경, 김재경, 이보람, 임혜정, 이슬기, 김주영, 오지수
인사총무팀 강미숙, 지석배, 김혜진, 황종원
제작관리팀 이소현, 김소영, 김진경, 최완규, 이지우, 박예찬
물류관리팀 김형기, 김선민, 주정훈, 김선진, 한유현, 전태연, 양문현, 이민운
외부스태프 석윤이 표지 디자인

펴낸곳 다산북스 **출판등록** 2005년 12월 23일 제313-2005-00277호
주소 경기도 파주시 회동길 490 **전화** 02-704-1724 **팩스** 02-703-2219
이메일 dasanbooks@dasanbooks.com **홈페이지** dasan.group **블로그** blog.naver.com/dasan_books
종이 스마일몬스터 **인쇄** 민언프린텍 **후가공** 평창피앤지 **제본** 국일문화사

ISBN 979-11-306-2751-9 (43840)